大《だい》嫌《きら》いな君に、サヨナラ

いかだかつら

PHP

目次

200X年5月3×日

サヨナラをするときに、さみしくならないコツは、
誰《だれ》とも仲良くしないこと。

変にがんばったりすれば、つらくなるだけ。
そういうのは、私《わたし》には向いてない。
大丈夫《だいじょうぶ》、私《わたし》は一人でも平気。

風みたいに、透明《とうめい》になればいい。

［あしたやること］
・次にいく街のこと、調べる。
・飛行機《ひこうき》の中で読む本を買いに行く。
・服にアイロンをかける。

＃01

「……嵐《あらし》！　お前、校庭のフェンスの下に穴掘《あなほ》っただろ！　最近教室に来るのが早いと思ったら、あんなことしてたのか！」

「嵐《あらし》くん、まみちゃんのことまた泣かせたでしょ！　なんでキツいことばっか言うの？　謝ってよ！」

「嵐《あらし》っていつも誰《だれ》かに怒《おこ》られて……って、いてっ！」

別に好きで怒《おこ》られてるわけじゃないわ、と颯太《そうた》の足を上ばきの上からふんづける。

そのまま力を入れてぐりぐりすると颯太《そうた》は「わかった、もうやめて！」とすぐにギブアップを宣言《せんげん》した。颯太《そうた》はよわっちいくせに、いつも俺《おれ》のことをからかってくる。変なやつだ。

俺《おれ》、末永嵐《すえながあらし》。小学六年生。一月十一日生まれのB型。勉強は好きじゃない、けどバカってほどでもない。性格《せいかく》は……おせじにも気が長いほうじゃない。そんで運動が好きで、生まれてからカゼもあんまりひいたことない、健康が一番のとりえの小学生だ。

起立、礼、と日直が号令をかけると、教室のみんなが「みなさんさようなら」と同時にとなえて、一日の授業《じゅぎょう》が終わった。

うちのクラスの先生、この四月にうちの学校に来たばっかなんだけど、いつもちょっと話が長い。だからとなりのクラスより早く帰れることはほとんどない。

早く行かなきゃ、と袖口《そでぐち》がボロくなった紺色《こんいろ》の標準服《ひょうじゅんふく》（学校が決めた制服《せいふく》みたいなもの。べつに着ても着なくてもいいけど、私服《しふく》を選ぶのがめんどくさいので俺《おれ》は着ている）を着て、ランドセルを背負《せお》ったとき、「あ、嵐《あらし》」と担任《たんにん》の先生に呼《よ》び止《と》められた。

「お前、二組の白井文人《しらいふみと》くんと、一緒《いっしょ》に帰ってるんだってな」

「はい、そうですけど」

「……無理やり、ひっぱりまわしたりしてないだろうな。相手が嫌《いや》がったらすぐにやめるんだぞ」

……なに言ってんだろ。

もしかして、俺《おれ》がいじめとかしてるんじゃないかって心配してるのかもしれないけど、全然、そんなことはしてない。

でも先生も来たばっかりだから、なんか思いちがいしてるのかな。

「はーい、わかりました。それじゃ、さようなら」

俺《おれ》は適当《てきとう》に返事をして、となりのクラスに行くと、真ん中の席で本を読んでいた色の白い男の子に声をかけた。

「おーい文人《ふみと》、かえろ」

文人《ふみと》が本をとじて、俺《おれ》を見上げた。うれしそうな顔。

さっき先生が変なふうにうたがってたとおり、おとなしい文人《ふみと》と、いいかげんな俺《おれ》、タイプは全然ちがう。だけど、なんでかずっと仲がいい。俺《おれ》の親友だ。

ちなみに、うちの学年は二クラスあるけど、下のほうだと一クラスしかない学年もある。先生たちは、少子化のせいってよく言ってる。そんなものかなぁって、平《へい》成《せい》ヒトケタ生まれの俺《おれ》にはよくわかんないんだけど。

文人《ふみと》は名前のとおり、本とか歴史とかが好きな物静《ものしず》かな男の子で、俺《おれ》が生まれたときからの幼《おさな》なじみだ。母ちゃん同士が仲が良くて、生まれた病院も一緒《いっしょ》。

文人《ふみと》は生まれつき、ちょっと体が弱くてあんまりはげしい運動なんかができない。

長い距離を歩くのもちょっときびしい。だから、登校のときはお母さんが送ってくれるけど、帰りは、俺《おれ》が文人《ふみと》の分のランドセルとかを持って帰っている。

「いつもありがとうね、嵐《あらし》」

「まぁええって。それより早く行こうや。颯太《そうた》たちが下におるから」

二人で一緒《いっしょ》に下駄箱《げたばこ》まで行くと、颯太《そうた》や他《ほか》の友達が待っててくれた。

「嵐《あらし》、今日、塁《るい》んちでドラゴンファイトの続きやろうって、みんなで言ってたんだ」

ドラゴンファイトってのは、インターネット上で世界中の人と対戦できる格闘《かくとう》ゲームだ。うちにはまだネットがないし、パソコンもないからうらやましい。だけど、

「あ、ごめん、俺《おれ》今日用事あるわ」

「えー、そうなん？　じゃ、来週は大丈夫《だいじょうぶ》？」

そんなおしゃべりをしながら学校から離《はな》れていく。

「あ、そうだ。ふみとー、聞いてくれよ。嵐《あらし》がさ、今日もまた梨乃《りの》に怒《おこ》られてたよ。他の女の子泣かせたでしょーって」

「颯太《そうた》……てめ……っ」

これ以上よけいなこと言わんでええ、とその口をふさごうとすると、文人《ふみと》がクス

クスと笑った。

「梨乃《りの》ちゃんは嵐《あらし》のことが気になってるのかもよ。だからいろいろ注意してくるんじゃない？」

「はぁ⁉」

なんだそれ、と俺《おれ》は固まってしまった。

梨乃《りの》は男子たちに裏《うら》で「おしゃべりの梨乃《りの》」と言われている。低学年の頃《ころ》から口数が多くて、ちょっとマセてて、女子の中ではリーダー的な存在《そんざい》だ（でも、梨乃《りの》と親同士が仲のいい颯太《そうた》は、四年の頃《ころ》よく忘《わす》れ物《もの》ばっかりしてたことを、梨乃《りの》が颯太《そうた》の母親にチクったことで、それ以来梨乃《りの》のことが大《だい》っ嫌《きら》いらしい。それまでは、まああふつうの幼《おさな》なじみだったみたいだけど）。

颯太《そうた》はあからさまに嫌《いや》そうに言った。

「えー、梨乃《りの》が？　ないない。あいつ昔っから、イケメンが好きとかよく言ってたし。嵐《あらし》とかサルみたいで全然かっこよくないやん。それにチ……」

テメェそれ以上言ったら本気でぶんなぐるぞ。にらみつけると、さすがに颯太《そうた》もびびったみたいで「なんでもない……」と口を閉《と》ざした。

……俺《おれ》は、身長がクラスで前から二番目だ。ものすごく小さいってわけでもないけど、それでも低学年にまちがわれることは、たまにある。

颯太《そうた》は真ん中ぐらいで、文人《ふみと》は俺《おれ》とそんなにかわらなくて、いつも抜《ぬ》きつ抜《ぬ》かれつ。だけど、今はちょっとだけ文人《ふみと》のほうが大きい。そんで野球をやってる塁《るい》とか、漁師《りょうし》の息子《むすこ》・海二《かいじ》とかはけっこう体格《たいかく》がよくて、この中で一番チビなのは、くやしいけど本当のことなのだ。

そんなこんなしてるうちに、一人、二人とお別れして少なくなっていく。

「それじゃ、嵐《あらし》。ありがと。また明日」

少し遠回りして文人《ふみと》を家まで送って別れて、そこから先は一人で歩いて帰る。

ワンワン、とうちで飼《か》ってる茶太郎《ちゃたろう》がほえた。建物の横につながれていた日本犬っぽい雑種《ざっしゅ》の茶太郎《ちゃたろう》は、茶色いしっぽをぶんぶんと俺《おれ》にむかってふった。

「ただいま、茶太郎《ちゃたろう》」

呼《よ》びかけると、「早く散歩につれてって」とばかりにじゃれついてきた。ちょっとだけ座《すわ》り込《こ》んで、茶太郎《ちゃたろう》のもふもふの頭をなでると、すぐにまた立ち上がった。

俺《おれ》んちは、母ちゃんが小さな理容室《りようしつ》をやってる。男のヒトだけじゃなくて、女のお客さんも多くてけっこう人気っぽい。

「ただいまー」

「いら……っ、ちょっと嵐《あらし》、店のほうから入ってこないでって言ってるでしょ！」

床《ゆか》におちた髪《かみ》の毛《け》を、ほうきで掃《は》き集めていた母ちゃんがまくし立てた。べつにお客さんがいないときは見逃《みのが》してくれよ。家の入り口は裏側《うらがわ》にあるからめんどくさいんだよ。

母ちゃんは、細くて顔も若《わか》く見えるから、よく「あんなに大きな子供《こども》がいるとは思えない」とか言われるらしい。でも俺《おれ》の写真とか見せると、「まちがいなく親子だね」ってみんな納得《なっとく》するんだって。

そんで、文人《ふみと》のお母さんあたりに言わせると、「見た目だけじゃなくて中身もそっくり」だそうだ。……母ちゃんが本気で怒《おこ》るとめっちゃ怖《こわ》いんだけど、俺《おれ》はさすがにあそこまで鬼《おに》みたいじゃない（はず）。

俺《おれ》はお客さんが差し入れにくれたっぽいお菓子《かし》をつまみながら言った。

「かーちゃん、今日、あれの日だから、行ってくる。かーちゃんは予約入ってていけないだろ」

すると母ちゃんは急に真面目な顔つきになった。

「あ、ああ……。今月ももうそんな日なのねぇ。ほんっとに、最近、一ヶ月が早いわ」

「それ、先月も同じこと言っとったな。庭からお花とか適当《てきとう》に持っていってえぇ?」

「そうね。ちょうど菖蒲《しょうぶ》の花が咲《さ》いたから、それ二本ぐらい持っていってくれるかしら」

俺《おれ》は「わかった」と答えると、いったん家にあがって運動着に着がえる。それから、荷物の入った小さなサックを背負《せお》うと、またスニーカーのひもをぎゅっと結んだ。

＊＊＊

庭で咲《さ》いたばかりの菖蒲《しょうぶ》を、二本選んでカットした。

茶太郎《ちゃたろう》が「どこ行くの?」とワンワンほえる。ごめん、お前の散歩は戻《もど》ってきたら行くからちょっと待っててな。

一回深呼吸《しんこきゅう》をしてから、アスファルトをけり出す。今日は体育もなかったし、体を動かすのにちょうどいい。

しばらくすると、大きな川にかかる橋にさしかかった。「赤橋《あかばし》」と呼《よ》ばれる、俺《おれ》の町の名物のうちのひとつだ。ちなみに、通ってる小学校の名前は「大橋小《おおはししょう》」。この橋が由来らしい。

橋の下にはごうごうと水が流れている。四国《しこく》でも指折りの美しい川として有名な、肱川《ひじかわ》だ。

そこから五分ちょっとランニングして、山門までたどりついた。今日はここまでなかなかいいペースだ。ここからしばらく上り坂が続くけど、立ち止まらずに一気に行ってやる。

息をはずませて、山の中ほどにあるお寺の本堂で桶《おけ》を借りて、ようやくゴールにたどりついた。

三段《だん》に重なった真っ黒な四角い石に、「末永《すえなが》」ってうちの名字が彫《ほ》ってある。これが、うちのお墓《はか》だ。

先月来たばっかりだから、まだそんなに汚《よご》れてない。俺《おれ》は呼吸《こきゅう》が落ちつくのを待って、汗《あせ》をふいてから草むしりを始めた。

「これでよし……と」

ぺんぺん草を引《ひ》っこ抜《ぬ》いて、石についてた汚《よご》れを持ってきた雑巾《ぞうきん》できっちりふきとる。

それから菖蒲《しょうぶ》の花をお供《そな》えして、線香《せんこう》をあげた。

「父ちゃん、元気しとる？」

……って、死んじゃってるのに元気もなにもないんだけど。できれば、あの世で楽しく過《す》ごしていてほしいなって、息子《むすこ》だから思うわけ。

俺《おれ》の父ちゃんは、俺《おれ》が小学校に入る直前の、五歳《さい》のときに亡《な》くなってしまった。

写真が好きでそれを仕事にもしてたみたいで、日本各地の絶景《ぜっけい》（ってよくわかんないけど。めずらしくてキレイな景色ってことかな）をさがして旅をしてるときに、うちの母ちゃんに出会って、そのままこの町に住み着いちゃったらしい。

そんで、やっぱりキレイな景色を撮《と》るために、海外の山に向かう途中《とちゅう》で、バス事故《じこ》にあってあの世に行ってしまった。今日は、父ちゃんの月命日だ。毎月、同じ日に母ちゃんか、俺《おれ》か、もしくは二人でお墓参《はかまい》りをしていて、それをずっと欠かしていない。

亡《な》くなったのはもうずいぶん昔のことだから、今はさみしいって気持ちはそんなにない。じじばばも近くに住んでるし、母ちゃんの弟とか妹（俺《おれ》のおじさん、おばさん）もかわいがってくれてる。

だけど、父ちゃんがいなくなったとき俺《おれ》はぎゃーぎゃー泣いて、忠犬《ちゅうけん》ハチ公よろしく「いつか帰ってくる」って言って、何日も玄関《げんかん》で待ってたりしたらしい。自分では全然覚えてないんだけど、いまだに事あるごとに知り合いとか親戚《しんせき》から言われるから、ちょっとうんざりしてるエピソードだ。


ただ、覚えていることもある。


ひとつめは、泣いて泣いて、何もできなかった俺《おれ》のところに、毎日遊びに来てくれたのが文人《ふみと》だったこと。

文人《ふみと》はたまに泣き止《や》んでも、すぐ噴水《ふんすい》みたく泣き出す俺《おれ》の横にずっといて、俺《おれ》が元気になるように「嵐《あらし》、これ見てみて」って面白《おもしろ》そうな本のさし絵を見せてくれたり「おやついっしょに食べよ」ってなぐさめてくれたんだ。
だから立ち直った今では、俺《おれ》が文人《ふみと》のためにできることはなんでもしてやりたい
——そう思ってる。

ふたつめは、父ちゃんと最後に会ったときのこと。

いつも父ちゃんはいろんなところを飛び回ってたから、なかなか家にいなかったんだけど、たまに帰ってきたときはうれしくてしかたがなかった。

それなのに、また旅に出ちゃうのがさみしくて、「父ちゃんなんか嫌《きら》いだ！　もう帰ってくるな！」って空港までお見送りに行ったときへソを曲げちゃったんだ。

母ちゃんには「なんてこと言うんだ！」ってクッソ怒《おこ》られて、それを見てた父ちゃんは悲しそうな顔して「ごめんね」ってなぜか俺《おれ》にあやまって搭乗《とうじょう》ゲートの前で別れた。

でもやっぱり行かないでほしくて、エレベーターを降《お》りてる途中《とちゅう》で母ちゃんの手を振《ふ》りほどいて、追いかけたんだけど、父ちゃんは手荷物検査《けんさ》をすでに通過《つうか》していて、まにあわなかった。

……あのとき、もう少し早く走れていて、「ごめんね」って言えてたらって思うんだ。

ほら、なんだっけ。「風が吹けば、桶屋《おけや》がもうかる」みたいな。アフリカで蝶《ちょう》が羽ばたいたら、日本で台風が起こった、みたいな。

たとえば父ちゃんが俺《おれ》の「ごめんね」を聞いたことで、やっぱりもう一日旅に出るのを遅《おそ》くしようとか考え直してたら、父ちゃんは事故《じこ》にあわなかったかもしれない。そんなことを考えてしまう。

「今さら何も、変わんないけどよ……」

思わずひとりごとを言ってしまった。

そういえば、一回だけ、母ちゃんに「父ちゃんが死んだのは俺《おれ》のせいじゃないか」って聞いたことがある。そしたら「それは絶対《ぜったい》ない」ってきっぱり言われた。「それがあの人の運命だったんだ」って。それから俺《おれ》がせいいっぱい、毎日楽しく生きることが、あの世にいる父ちゃんが一番よろこぶことだ、とも言っていた。母ちゃんから「あの時、お前があんなこと言ったからだ」なんて言葉は一回も言われたことがない。

母ちゃんだって、父ちゃんがいなくなって、悲しくて苦しかったはずなのに……。

俺《おれ》はちょっと移動《いどう》して、墓地《ぼち》の一番はしっこに植えられた椿《つばき》の近くに座《すわ》った。足元に広がる色に目をやる。このお寺は山の中ほどにあって、墓地《ぼち》からは町全体が見渡《みわた》せる。「バカと煙《けむり》は高いところへ上る」っていうことわざがあるってこの前テレビで言ってたけど、うるせーよけいなお世話だ。好きで何が悪い。

低い建物がぎっしりと並《なら》ぶ町の真ん中を、水をたくさんたたえた川が横切っている。

川は河口《かこう》に近づくにつれてだんだん大きくなっていて、海に近いところにはさっき俺《おれ》が渡《わた》った赤い橋が見えた。海は、ひたすらにおだやかな、瀬戸内海《せとないかい》だ。

今日も浜《はま》の近くで白い波を立てている海は、荒《あ》れるそぶりは少しもない。もう少し時間が遅《おそ》ければ海に沈《しず》む夕日がきれいに見えたんだろうけど……夏至《げし》もちかいこの季節じゃ、日暮《ひぐ》れまではまだまだ時間がかかる。

たまに見える夕焼けがすごくて、たいくつで、昔はたくさんの人でにぎわっていた港町。それが、もうすぐ「平成《へいせい》の大合併《だいがっぺい》」で名前がきえてしまう「俺《おれ》の町」だ。

世界中を飛び回ってた父ちゃんが、一番気に入って住み着いてしまったこの町。

でも、俺《おれ》にしてみればどこがそんなによかったんだろう、って、ちょっと疑問《ぎもん》だ。

もちろん、自分の生まれ育ったところだから、俺《おれ》だって好きなのはまちがいない。

(だけど――)

突然《とつぜん》、後ろからがさっと音がした。

(なに⁉)

風の音？　……にしては大きかったし、そもそも今、風なんて吹《ふ》いてなかった。

ここは墓地《ぼち》のすみっこで、ヒトに会うことはめったにない。

おそるおそる振《ふ》り向《む》くと、大きな椿《つばき》の木と……その幹《みき》の後ろから真っ白な布地《ぬのじ》がピラピラなびいていた。

ぞわ、っと急に背中《せなか》が冷たくなる。

ここはなんていったって墓地《ぼち》だ。おばけの一人や二人、いたっておかしくはない。

おばけは怖《こわ》い。すっげー怖《こわ》い。だけど、もし本当にいるなら見てみたい。

(おばけ見たことあるやつなんて、めったにおらんぞ)

アホな俺《おれ》は、「見てみたい」という心の声をどうしてもおさえきれなくて、ゆっくり立って木の幹《みき》の後ろをのぞき込《こ》んだ。

（あ……っ）

見まちがいとか気のせいじゃなかった。たしかにそこにはヒトがいた。

女の子が、ぼんやりと立って街《まち》を見下ろしている。

いや、女の子っていうのも合ってるかよくわからない。大人にしては小さいし、クラスの女子なんかよりは大人っぽいから中学生ぐらいだろうか。

椿《つばき》の陰《かげ》にいた女の子が、ゆっくりと振《ふ》り返《かえ》って俺《おれ》のほうを見た。

顔が小さくて、髪《かみ》が長くて、手足がまっすぐで細くて。長いまつげも高い鼻も、ほくろ一つないつるっとした肌《はだ》も、なんかオバケっていうよりも人形っぽい感じがした。とりあえず、上級生にこんな顔の女子はいなかったから、この町のヒトじゃない。

近づいてみると、女の子は俺《おれ》よりも顔半分以上、背《せ》が高かった。

「どうした……んですか」

俺《おれ》の質問《しつもん》に、その女の子が少しだけ首をかしげた。

「あ、あの、まよっちゃったとかですか？　それなら、俺《おれ》、下までおくりますけど……」

あせりながらそうつけくわえると、その女の子はようやく口をひらいた。

「『あらし』って……」

えっ⁉

今、俺《おれ》の名前、言った？

っつーかなんで俺《おれ》の名前知ってるの？？？

やっぱりオバケ？　オバケだから知ってるの？　会ったことないからよくわからんけど先祖《せんぞ》にいたばーちゃんの誰《だれ》か？

「俺《おれ》……だけど」

「えっ……？」

「てか、あんた誰《だれ》？　何の用？」

テンパりすぎて、なんかぶっきらぼうな聞き方になってしまった。でもオバケなら仕方ないよな、うん。

だけど彼女《かのじょ》はそれを聞いたとたん、あからさまにムッとしたように、眉《まゆ》の間にシワを寄《よ》せた。

「なんでもない」

そう小声で言い残すと、その女の子はすたすたと山の斜面《しゃめん》を下り始めた。

「あっ、ちょっとまっ……！」

まだ正体がわからない。あわててあとを追うけど、俺《おれ》に追いかけられてるとわかった瞬間《しゅんかん》、急に走るスピードを速めた。

(えっ……、なんか、女子にしてはすげぇ足速い……って、うわっ！)

ショートカットするため草むらを横切ろうとしたとき、足に何かが引っかかった。

……ちょっと前に、颯太《そうた》とかと一緒《いっしょ》に雑草《ざっそう》を結んで作ったワナに、自分でかかってしまった。逆《ぎゃく》側の足で踏《ふ》ん張《ば》ろうとしたけど、間に合わない。

「いでっ‼」

膝《ひざ》と肘《ひじ》、それからアゴを草むらの地面にぶつける。衝撃《しょうげき》が頭につたわって、ちょっとクラクラした。

また転ばないようゆっくりと立ち上がる。俺《おれ》が追いかけてた女の子は、あとかたもなく消えていた。まるで、ほんとに、幻《まぼろし》みたいに。

「……わけわからんわ、全然」

ひとりごとをつぶやいて泥《どろ》をはたく。服もスニーカーも、母ちゃんに怒《おこ》られそうなぐらいどろどろになっていた。

＊＊＊

『あらし……』

（やっぱあれ、オバケだったのかな）

（ってことは、俺《おれ》、呪《のろ》われて殺されるかもしれない）

（いやいや、向こうが逃《に》げてったってことは平気だろ）

そんなことを考えてたら、夜、全然眠《ねむ》れなくて。

明け方ようやく寝《ね》たもんだから、朝はいつもどおり起きれなくって、学校についたのは遅刻《ちこく》ギリギリの時間だった。

教室に入ると、颯太《そうた》がさっそく俺《おれ》に近よってきた。

「おっせーよ嵐《あらし》。待ってたんだけど」

「遅刻《ちこく》してないんだし、いいだろ。……なにニヤニヤしてんだよ」

ふだんからしまりのない顔をしてる颯太《そうた》だけど、今日は特に楽しそうだ。

それなのに颯太《そうた》は「いやなんでもない」と言って口元をかくしたので、俺《おれ》は思わずイラッとした。

「なんでもないってツラかよ。いいから、もったいぶってないで話せよ。俺《おれ》のこと怒《おこ》らせたいのかよ」

単純《たんじゅん》な颯太《そうた》は、俺《おれ》の脅《おど》しにあっさりゲロった。

「実はさっき、職員室《しょくいんしつ》の前で見ちゃったんだ。今日からうちのクラスに、転入生がくるよ」

「えっ？　まじで？」

結構《けっこう》ふつうにおどろいた。

うちの学校には、転入生なんてめったにこない。あまりにもめずらしいから、自分の学年でなくても転入生と聞けばみんなで見にいくぐらいだ。

それに、今は学年のかわりめとか、夏休み明けとか、そういうキリのいい時期でもない。

でもまあ、クラスの仲間が増《ふ》えてにぎやかになるのはいいことだ。俺《おれ》は寝不足《ねぶそく》もどこへやら、ちょっと期待して、聞いた。

「お前、そいつのこと見たんだろ？　男？　女？　どっち？」

「それはね……」

答える前にチャイムが鳴って、颯太《そうた》は「またあとでね」と言って真ん中のほうの自分の席に戻《もど》っていった。

まぁ、どうせすぐわかることだからいいか。

それからすぐに教室の前のドアが開いて、先生が入ってきた。

先生はいつものジャージ上下じゃなくて、ワイシャツに折り目のついたズボンと、ちょっとかしこまった服そうをしている。

朝のあいさつのあと、先生はごほん、と一回咳払《せきばら》いをしてから、いつもより通る声で言った。

「実は、今日からこのクラスに、仲間が一人増《ふ》えます」

クラスのみんなが注目する中、開きっぱなしになっていたドアから女の子が入ってきた。

「あっ」

思わず声を出してしまい、となりの席の女子が俺《おれ》のほうをけげんそうな顔で見た。

なんでもない、とあわてて口を押《お》さえながら首を振《ふ》ったけど、なんでもなくなんか、ない。

「都波《つなみ》かれんさんだ。ここに来る前は東京の学校に通っていたそうだ。みんな、よろしくな」

かれん、と呼《よ》ばれた女の子がゆっくりと頭を下げた。

彼女《かのじょ》は、昨日墓参《はかまい》りのときに会った女の子と、よく似《に》て……っていうか、まったく同じ顔をしていた。

#02

転入生だったんだ。ていうか同い年だったのかよ。もっとずっと年上だと思ってた。

(でもさぁ……)

やっぱり昔に会ってるとか、そういうことはないと思う。なんで俺《おれ》の名前を知ってたのか、全然わかんない。オバケって可能性《かのうせい》は、確実《かくじつ》に消えたけど……。

都波《つなみ》が静かに顔をあげる。

「都波《つなみ》かれんです。よろしくお願いします」

そんなに声を張《は》ってるわけじゃないのに、すっと響《ひび》くような澄《す》んだ声だった。

教室の中が、うかれてるみたいな、そんな感じでザワッとする。そんな教室の中を都波《つなみ》はぐるっと見回して……、俺《おれ》はとっさに前の席のやつの背中《せなか》に隠《かく》れた。どきどき、体の中でおおきく脈が打っている。

でも結局、都波《つなみ》と目が合ってしまった。

俺《おれ》はビクッと小さく飛び上がった。……けど、都波《つなみ》は別に何もなかったみたいに、俺《おれ》のとなりの席に視線《しせん》をうつした。

先生がぱんぱん、と手を叩《たた》いた。

「それじゃ、みんな仲良くするんだよ。後ろのほうの席の人たち、都波《つなみ》さんの机《つくえ》、運んであげて」

いつのまにか廊下《ろうか》に用意されていたらしい机《つくえ》と椅子《いす》が、教室の中に運《はこ》び込《こ》まれた。一番後ろのはしっこに置かれたそれに、都波《つなみ》は座《すわ》った。

まだ教室の中がざわざわしてる。そのせいか、一時間目の国語の授業《じゅぎょう》なんか、ぜんぜん耳に入ってこなかった。

＊＊＊

「そういえば、嵐《あらし》たちのクラスに、今日転入生がきてたよね」

放課後、上ばきから外ばきにはき替《か》えると、文人《ふみと》が言った。

どう答えていいかわからなくて口ごもる俺《おれ》の横で、颯太《そうた》たちがノリノリで答えた。

「かれんちゃんっていうんだ。オシャレで大人っぽい子だよ！」

「まぁ、ちょっとはかわいかったかなぁ。七十五点ぐらい？」

「とかいって、海二《かいじ》ぃ。となりの席になって、めっちゃ顔赤くなってたじゃん」

「あ……、あれはそういうんじゃなくて……」

なんだか楽しそうに言い合ってる。

文人《ふみと》は「へぇ」と興味深《きょうみぶか》そうにうなずいてから、颯太《そうた》たちにたずねた。

「へぇ……かれんちゃんか。結構《けっこう》明るい子なの？」

「うーん、どっちかっていうとおとなしくて、しゃべんない感じ」

「俺《おれ》もとなりの席になったけど、全然話しかけてこなかったな。ま、はずかしがり屋《や》なんだろうな」

……おとなしい？　はずかしがり屋《や》？　俺《おれ》には大いに疑問《ぎもん》だ。

梨乃《りの》たちが休み時間に「今はどの辺住んでるの？」とか「なんか趣味《しゅみ》とかある？」っていろいろ聞いても「ああ」とか「うーん……」ぐらいしか言ってなかった様子だ。もちろん、男子がとおまきにちょっかいをだしても、何も反応《はんのう》しない。

まるで、関わりたくないから無視《むし》でもしてるみたいに。

そんなふうに今日一日おなじクラスで過《す》ごしたけれど、あいつが声を発したのは、一番最初の自己紹介《じこしょうかい》のときだけだった気がする。

俺《おれ》のことも、見ても完全にスルーだったし……。なんなんだあいつ。

他のやつらの会話を聞くふりをしながら、校門を出ようとしたときだ。

「嵐《あらし》、体操服《たいそうふく》は？　今日、体育あったよね？」

文人《ふみと》に聞かれた。そういえば颯太《そうた》は体操服《たいそうふく》の入ったきんちゃく袋《ぶくろ》を持ってるけど、俺《おれ》は持ってない。

文人《ふみと》の言うとおり、今日の三時間目は二クラス一緒《いっしょ》に体育でサッカーやって、えらい汗《あせ》かいた。文人《ふみと》は見学だったけど。

「あー……、ロッカーん中に入れっぱなしかも」

「何やってんだよ嵐《あらし》は。きったねーなぁ」

颯太《そうた》……あとで覚えてろよ。心にきざみつつ、いったん受け流す。

「ちょっと取りにいってくるわ」

「えー。しょうがねぇなぁ。すぐ帰ってこいよ」

適当《てきとう》に返事をすると、俺《おれ》はいそいで上ばきにはき替《か》えて、廊下《ろうか》を走った。

先生からは「あぶないからやるな」って言われてる一段《だん》飛ばしで階段《かいだん》をのぼる。高学年の教室は一番上の階にある。待たせるのってなんか好きじゃないから、とりあえずは急がないと。

階段《かいだん》をのぼりきる。教室がずらっと並《なら》んでる中、四年生の教室前の廊下《ろうか》に、肩《かた》にバッグをかけた女子が立っていた。

「あ……」

遠目だけど、あんな感じのやつは他にはいないからわかる。都波《つなみ》だ。廊下《ろうか》の壁《かべ》に貼《は》られた掲示物《けいじぶつ》をじっと見て、立ち止まっていた。

「なぁ、何、やっとるん?」

俺《おれ》は自分の教室までいく途中《とちゅう》で、都波《つなみ》にたずねた。クラスメイトとして別にこれくらい聞いたっておかしくないよな、うん。

そしたら都波《つなみ》はビクッとこちらを振《ふ》り返《かえ》って、そんですぐに目をそらした。

「……なんでもない」

うーん、やっぱりこの反応《はんのう》。まぁ、ちょっと予想はしてたけどさ……。

でもいいや。他に誰《だれ》もいないしいいチャンスだよな。

「お前、昨日、山の途中《とちゅう》の墓《はか》んとこにおったよな？」

都波《つなみ》はビクッとして、俺《おれ》を見た。「うん」とも「ちがう」とも言わない。けど「墓《はか》」っていうワードで反応《はんのう》したってことは、そうだってことなんだろう。

俺《おれ》は引っかかっていたことをストレートに聞いた。

「俺《おれ》、お前と昨日より前に会ったことある？」

都波《つなみ》はやっぱり何も言わず、「なんのこと？」とばかりに首をかしげた。

「いや、なんで、俺《おれ》の名前知ってたんだろうって、気になったから」

都波《つなみ》の顔が、気まずそうにゆがんだ。

「……まちがえたの」

「は？」

なんだよこいつ、声ちっせぇな。まちがえたも何も、俺《おれ》の名前言ってたのに。

ますますわけがわからなくなった俺《おれ》をよそに、都波《つなみ》はまたもや逃《に》げ出そうとした。

「忘《わす》れて。ただのカンちがいだから」

「いや、カンちがいって言われても。何のことだよ。気持ち悪いんだけど」

昨日みたいに追いかける俺《おれ》に、都波《つなみ》はキッときつい顔をして振《ふ》り返《かえ》った。

「だからなんでもないって言ってるじゃん！　もう話しかけないで！　チビ！」

大声が廊下《ろうか》に響《ひび》いた。不意打ちに俺《おれ》は何も言いかえすことができず、思わず立ち止まった。

その間に都波《つなみ》はパタパタと足音を立てて消えてしまった。

（「話しかけんなチビ」……って）

しばらくはぼう然としてたけど、自分に言われたことだと気づいて、急にふつふつと怒《いか》りが湧《わ》いてくる。


（あいつ、俺《おれ》が一番言われたくないことを言いやがったな……！）


くっそー、俺《おれ》だって好きでチビやってんじゃねぇよ。毎日牛乳《ぎゅうにゅう》一リットル飲んで、「寝《ね》る子は育つ」のことわざを信じて毎日夜九時には寝《ね》て、こう見えてもいろいろ努力してんだぞ。

あー、もう、さいあく。あいつ性格《せいかく》悪すぎだろ。とりあえず、何のカンちがいかしらねーけどオバケじゃないってことはわかったし、もう二度と、あいつに関わっ

たりするもんか‼

そんなふうにドスドス歩いていたら、

「いっ……てぇ！！」

上ばきで画びょうを踏《ふ》んじゃったみたいで、上ばきを貫通《かんつう》して足の裏《うら》にまで刺《さ》さってた。

ちょうど廊下《ろうか》に貼《は》られていた大きな鳥の子用紙（模造紙《もぞうし》）の右上の角だけ、画びょうが外れてプラプラしてた。

ここかよ、と足に刺《さ》さってた画びょうを取って、刺《さ》し直《なお》す。

そのとき、ふと気づいた。

「あいつ、何見てたんだ……？」

何だってべつに俺《おれ》には関係ないけど。さっき都波《つなみ》がいたのもこの辺だったような気がする。

画びょうを刺《さ》してから見てみると、「わたしたちの地域《ちいき》をしらべましょう」っていう四年生の社会のグループ課題だった。

もしかして、こっちに越《こ》してきたばっかりだから見てたのか。そういや俺《おれ》もこんな課題やったな、なんて思いながらバラバラの字で書かれた学級新聞的なものを見た。

昨日渡《わた》った赤い橋、地元の高校が月に一回だけやってる水族館、坂本龍馬《さかもとりょうま》が泊《と》まったらしい古い邸宅《ていたく》、それから寒い冬の特定の日にしか現《あらわ》れない、うちの町の一番の自慢《じまん》の――

（カンちがいって、もしかして……）

考えかけたとき、はるかとおくから、「はやくー」と颯太《そうた》の声が聞こえた気がした。

（やべ、早く戻《もど》らないと！）

俺《おれ》はあわてて自分の教室から体操服《たいそうふく》を回収《かいしゅう》して、階段《かいだん》をかけおりた。

昇降口《しょうこうぐち》につくと、少し不満そうな颯太《そうた》と、なぜかくすくす笑ってる文人《ふみと》が俺《おれ》のことを待っていた。

「おっせーよ、嵐《あらし》。じゃ、俺《おれ》の分もランドセル持って帰ってな」

「……はあ？」

「早く帰ってこいって言っただろ。約束はちゃんと守ろうぜ」

いつもどおり文人《ふみと》のランドセルを前にかけた俺《おれ》に、もうひとつ黒いランドセルが押《お》し付《つ》けられた。

身軽になった颯太《そうた》は、文人《ふみと》を連れてとっとと校門に向かっていく。

「ちょっとまっ……」

「じゃ、俺《おれ》の分もよろしく〜」

「かわいそうだけど……、約束は約束だからなぁ」

塁《るい》と海二《かいじ》も、ランドセルを俺《おれ》の腕《うで》にぶら下げた。

くっそ〜！　そろいもそろってバカにしやがって！　これぐらいの重さ、どってことないんだからな！

自分のとあわせて五つのランドセルを抱《かか》えたまま、四人を追いかける。けどランドセルが重すぎて、なかなか前に進めない。

文人《ふみと》はいいとして、颯太《そうた》、塁《るい》、海二《かいじ》！　お前らはいずれ絶対《ぜったい》ぶっとばす！

6月　×日

転校初日。

大橋小《おおはししょう》は、今までの学校とくらべてものすごく人数が少ないみたい。

みんなそぼくでのんびりしてる。

でも一人、変な男の子がいる。

昨日散歩してるときにも会った。なんか短気で、おっかない。あの子も「あらし」って、変なぐうぜんだ。

ちょっと言いすぎちゃったけど、嫌《きら》われたところで何も変わらないから、このままでいい。

みんなで仲良し、友達が多いことはいいこと、そんな押《お》し付《つ》けられた「子供《こども》らしさ」には、私《わたし》はどうしたって合わない。

子供《こども》時代なんて、大人《おとな》になるまでの準備《じゅんび》期間。人生の本番は大人《おとな》になってからなんだから、今は、一人でも、いい。

#03

「うーん、颯太《そうた》、ちょっと答えがちがうんだよなぁ。それじゃ……そうだな、都波《つなみ》さん、ちょっと前に出てといてもらっていいかな」

都波《つなみ》は無言で立ち上がった。

こつこつ、とチョークの音が教室にひびく。

「そうですね、面積は500㎠……。まだわからない人、いるかな?」

都波《つなみ》は少しも笑ったりしないで、席に戻《もど》っていった。

となりとその後ろの席からこそこそとしゃべる声が聞こえた。

「すごいね、都波《つなみ》さん。いっつも合ってるね」

「頭いいよな~。運動もできるし、ピアノもひけるし、かわいいし」

それを聞いて、思わず俺《おれ》は舌打《したう》ちをして「うっさいわ」と言ってしまった。となりの席の女子がめっちゃビビったみたいだけど、どうでもいいわ。

俺《おれ》は黒板に残された、教科書の文字みたいにととのった数字の列を苦々しくにらみつけた。

（なんだよ……、あいつ、いい子ぶりやがって……！）

都波《つなみ》がうちのクラスの一員になってはや一ヶ月。あともう少しで、夏休みになる。

転入初日の放課後、四年生の教室の前で俺《おれ》にありえない言葉でキレた都波《つなみ》だけど、そのあとはクラスで顔を合わせても、完全に無視《むし》をつらぬいてる。

まぁ、何もしゃべらないのは、俺《おれ》にだけじゃなくてみんなに対してもそうみたいで、「なんかミステリアス」って妙《みょう》に評判《ひょうばん》になってて、何を血まよったのか、あいつに告白してフラれたっていう男子が数人いるってウワサだ。

ただ、さすがにいいウワサばっかりってわけでもないみたいで……

「どうした、梨乃《りの》。元気ないな」

そうじの時間、だまって黒板の溝《みぞ》を雑巾《ぞうきん》でふいていた梨乃《りの》に声をかけた。

いつもは誰《だれ》かと話してたり、男子にあれやれこれやれってうるさいぐらいなのに、妙《みょう》におとなしいからちょっと気になる。

すると梨乃《りの》は、小さくため息をついてから言った。

「かれんちゃんに遊びにいこうって言ってみたけど……今日もダメだったんだよね」

ドキッとしたけど、気づかれないように顔に力を入れて耐《た》えた。

「ああ、そうなんだ……」

「夏休み入る前に、仲良くなりたいって思ってるのに。私《わたし》たちのこと嫌《きら》いなのかなあ？」

女子の人間関係はよくわからないものの、俺《おれ》なんかからすると、都波《つなみ》は他の女子（っていうか男子も）に対して見えないバリアを張《は》ってるみたいに感じる。

でも、梨《り》乃《の》はまちがったことなんかしてない。颯《そう》太《た》なんかは「梨《り》乃《の》ウザい」って言ってけむたがってるけど、低学年の頃《ころ》から誰《だれ》かが一人ぼっちになってたら声をかけたり、優《やさ》しい子なんだってことは知ってる。

ただ、都波《つなみ》にはそれがおせっかいになってるだけだろう。

「そんなことないだろ。一人が好きなだけかもわからんし。あんまり気にすんなって」

そしたら梨《り》乃《の》はちょっと面食らったみたいにこっちを見て、それからゆっくりうなずいた。

「うん……。でももう、ずっとああいう感じだと、こまっちゃうよね。同じクラスなのに。嵐《あらし》くんは、かれんちゃんのことどう思う？」

どうって聞かれても。俺《おれ》だってあいつのこと嫌《きら》いだし必要以上にちやほやするのはどうかと思う反面、村八分になればいいとか、そんなことは思ってない。

あんまりじめじめした感じにならないよう、軽いノリで言った。

「ほ、ほっとけばええよ。ほら、梨乃《りの》は他に友達もいっぱいおるし！　お前、えらいがんばっとると思うよ」

梨乃《りの》はぼそっとつぶやいた。

「……気持ち悪い」

気持ち悪い？　「何が？」と聞き返すとようやくプッと笑った。

「嵐《あらし》くんがそんな優《やさ》しいこと言うなんて、めずらしくて気持ち悪い。てっきり『くだらんことで悩《なや》んどるなよ』とか言うのかと思ってた」

なにそれ、俺《おれ》ってそんな乱暴《らんぼう》なイメージ？　ひでぇな梨乃《りの》……とヘコむ俺《おれ》に、梨《り》乃《の》はいつもの明るい声で言った。

「まぁ、たしかにそのとおりだよね。そっか、嵐《あらし》くんも友達いっぱいいるから、平気なんだね」

「え」

「私《わたし》だったら、ちょっとやきもち焼いちゃうかも。やっぱ親友とられたら、おもしろくないもん」

（……何のこと？）

全然ピンときてない俺《おれ》を置いて、梨乃《りの》は言いたいことだけ言ってぞうきんを洗《あら》いにいってしまった。

「あいつ…、誰《だれ》のこと言ってたんだ？」

「親友をとられる」って。俺《おれ》の親友っていったら文人《ふみと》か、同じクラスなら颯太《そうた》か……でも「とられる」のが何のことなのかまったくわからない。

よくわからないまま、一日の授業が終わった。帰りの会のあと、いつものように文人《ふみと》を呼《よ》びにとなりのクラスに行った。

「ふーみとー。待たせたなー」

文人《ふみと》は教室で一人、俺《おれ》を待って座《すわ》ってた。見なれてはいるんだけど、やっぱいい顔してるなって思う。色が白くて、優《やさ》しそうで。髪《かみ》なんか女の子もびっくりのサラサラ加減《かげん》だ。

細かい文字の書かれた本を読んでる文人《ふみと》は、よっぽど入《はい》り込《こ》んでるのか、俺《おれ》が来たことに気づいてないみたいだ。

「おーい、帰ろうぜ。颯太《そうた》も待っとるぞ」

ぽん、と肩《かた》を叩《たた》いて言うと、文人《ふみと》はようやく気がついたみたいで、本から顔を上げた。

「ごめん、つい夢中《むちゅう》になっちゃって」

「そんなにおもしろいのか？　その本」

文人《ふみと》がしおりをはさんでとじた本の表紙には『日本の伝記　伊能忠敬《いのうただたか》』と書かれていた。確《たし》か五年生のとき社会科の授業《じゅぎょう》で習った気するけど、何やったんだっけ？

と俺《おれ》は首をひねった。

「うん。江戸《えど》時代に地図を作った人の話なんだけど、おもしろいよ」

「へー……、でも文人《ふみと》がこういう本読むのって、なんかちょっとイメージとちがうな」

文人《ふみと》は読書家だけど、好きなのはファンタジーとか、ちょっとミステリーっぽいやつとか、そういう小説みたいなのを好んで読む感じだ。こういう歴史っぽい本が好きだって、知らなかった。

「実は、図書室でかれんちゃんにすすめられたんだ」

「え」

かれんちゃんって……まさか……。

イヤな予感に顔をしかめる俺《おれ》に、文人《ふみと》はあっさり言ってのけた。

「嵐《あらし》のクラスの都波《つなみ》かれんちゃんだよ。お昼休み、図書室でよく会うから、ちょっと話しかけてみたんだ。『どんな本読むの？』って。そしたらこれがいいよ、って教えてくれたんだ」


うそだろ、オイ。


こんなところにまで都波《つなみ》の勢力《せいりょく》が……クラスの単純野郎《たんじゅんやろう》どもだけじゃなくって、俺《おれ》の文人《ふみと》にまで……。

実は文人《ふみと》は、「かわいい」とか「守ってあげたい」とか言って、一部の女子に人気

みたいで、告白《こくはく》なんかもされたりしてたみたいだ。（ちょっとうらやましい）

けど文人《ふみと》本人は、「女の子って、なんか苦手だな」って、全然興味なさそうだったのに。

俺《おれ》だって、文人《ふみと》に友達が増《ふ》えるのが嫌《いや》なわけじゃない。むしろ男女問わずいろんな友達に、文人《ふみと》の良さをわかってもらいたい。けど、よりによってそれが都波《つなみ》って……。

「……あいつ、無視《むし》とかしなかった？」

「無視《むし》!? どうして？『同じ学年だよね』って言ったら『そうかもしれないね』ってふつうに答えてくれたけど……。かれんちゃんも本をたくさん読んでるみたいで、いろいろ、話したよ」

なんだよそれ。

俺《おれ》には「チビ」とか「はぁ？」とかしか言わないくせに、梨乃《りの》が誘《さそ》っても無視《むし》するくせに、文人《ふみと》に話しかけられたらちゃんと返すのかよ。

そうじの時間に梨乃《りの》が言ってたのは、このことだったのか。たぶん、昼休みに都《つ》波《なみ》と文人《ふみと》が一緒《いっしょ》にいるのを見たんだな。ようやく意味がわかって、今さらがっくり来た。

気がつくと、文人《ふみと》が俺《おれ》を見てクスクスと笑っていた。

「嵐《あらし》って、本当にわかりやすいなぁ」

「なにが？」

「嵐《あらし》、僕《ぼく》がかれんちゃんと仲よくなったからって嫉妬《しっと》してるんだろう」

「シット……、なにそれ？」

「誰《だれ》かのことを『うらやましくって、ずるい』って思うことだよ」

うらやましい……？　ずるい……？　文人《ふみと》のことが？

そんなのない！　俺《おれ》は、あんな女、なんとも思ってないどころか、大大大、大《だい》ッ嫌《きら》いだ！！！

「ち、ちがうわ！　お前、ふざけんなよ！　なんで俺《おれ》がそんなこと思わなきゃなんないわけ？　そんなこと、絶対《ぜったい》にない！」

「それじゃ、嵐《あらし》は、僕《ぼく》とかれんちゃんの仲、応援《おうえん》してくれる？」

「え」

思わず固まってしまった。

文人《ふみと》の顔を見ると、さっきまでのクスクス笑いはどこかへ消えていた。

今までみたことないくらい真剣《しんけん》な目つきで、俺《おれ》は軽々しく「うん」とも「やだ」とも言えなかった。

「僕《ぼく》、初めて会ったんだ。本の話ができて、清楚《せいそ》で、さわがしくなくて。ずっと僕《ぼく》、ああいう子が学校にいたらいいいって思ってたんだよ。かれんちゃんは僕《ぼく》の理想だよ」

……そりゃ、俺《おれ》じゃ本の話できないけどさ。

ずっと一番の友達だと思ってたけど、俺《おれ》と一緒《いっしょ》にいるのはつまんなかったんだろうか。

口の中が、そのへんの葉っぱを食べたときみたく苦い気がする。

「……でも、応援《おうえん》するって言っても、俺《おれ》には何にもできないんだけど。都波《つなみ》、クラスの中じゃ全然しゃべんないし。俺《おれ》、あいつと仲良くないもん」

「わかってるよ。だから、嵐《あらし》は何もしなくていいんだよ。ただ、かれんちゃんにちょっかいかけるのだけしないでおいてくれれば」

「ちょっかいって……。する気もないけど」

「ホントに？　ならいいんだ。ありがとう。よかった、それで安心だよ」

文人《ふみと》がまた急に笑顔《えがお》になった。

なんか……、笑ったりマジになったり、くるくる変わりすぎて怖《こわ》いんだけど……。

「それじゃ、帰ろか」

そう言って文人《ふみと》のランドセルを持ち上げようとしたとき、「あ、ちょっとまって」と止められた。

「今日は、家まで自分でしょって帰るからだいじょうぶだよ」

「え」

「最近は息が苦しくなることもないし……。いつまでも、嵐《あらし》にたよってばっかりじゃかっこ悪いからね」

予想外のことを言われて、なんて言ったらいいかわからないでいる俺《おれ》に、文人《ふみと》は続けた。

「今、おもしろいところなんだ。もう少し読んでから帰るから、嵐《あらし》は先に帰っててていいよ」

そう言うと文人《ふみと》はまた本をひらいて、俺《おれ》のことなんて見えてないんじゃないかってぐらいに集中しだした。

一分か二分ぐらい待ってみたけれど、文人《ふみと》は本を閉《と》じる気配はない。

「じゃ、俺《おれ》帰るわ……」

俺《おれ》はそのまま教室を出て学校から帰った。

下駄箱《げたばこ》のところで他の奴《やつ》らと座《すわ》って待ってた颯太《そうた》が「おう」と軽く手を上げる。

「あれ？　嵐《あらし》だけ？　文人《ふみと》はどーした？」

「……本読んでるから、先帰ってていいって」

颯太《そうた》が「珍《めずら》しいこともあるんだな」と言いながら立ち上がり、さっさと歩いていく。俺《おれ》はぼんやりと男子たちの背中《せなか》を見ながら、のろのろとついていく。

「なー、嵐《あらし》。今度の釣《つ》りで使う寄《よ》せ餌《えさ》なんだけど……聞いてる？」

「あ、悪ぃ。ボーッとしてた……」

「なんか、今日ちょっと変だな。あ、わかった。カビ生えたパンでも食って腹痛《はらいた》いんだろ。ちがう？」

ちがうわボケ、と思ったけどなんか言い返す気力もわいてこない。いつもより一緒《いっしょ》に帰るやつがひとり減《へ》っただけのはずなのに、家までの道のりがものすごく遠く感じた。

「文人《ふみと》のやつ、本気なのかなぁ……」

思わずひとりごとをつぶやいた。

都波《つなみ》のこと『理想だ』なんて言ってたけど、あいつに「チビ」だのなんだのと言われた俺《おれ》としては、まったくオススメできない。

いつも自分の後ろをくっついていた文人《ふみと》が、俺《おれ》より先に誰《だれ》かを好きになったこと、俺《おれ》より大事にしたいやつができたこと、その相手がよりによって俺《おれ》の嫌《きら》いな女子なこと……

いろんなことが頭の中をぐるぐるしてるけど、どれひとつとってもいい気分じゃない。

もしかして、これが、文人《ふみと》の言ってた「嫉妬《しっと》」っていう気持ちなんだろうか。

7月　×日

昼休みに、図書室でとなりのクラスの男の子に話しかけられた。

白井文人《しらいふみと》くん。いつも末永《すえなが》くんと一緒《いっしょ》に帰ってる男の子。

末永《すえなが》くんとは小さい頃《ころ》からの幼《おさな》なじみらしい。

小さい頃《ころ》から一緒《いっしょ》だと、タイプがちがっても仲が良いままでいられるみたい。

私《わたし》には、いくら願っても手に入らないもののひとつで、ちょっとだけ、うらやましい。

#04

『えっ、嵐《あらし》⁉　大きくなってて誰《だれ》だかわかんなかった！』

『イケメンになったなぁ……。小さい頃《ころ》はサルみたいだったのに』

いきなりなんだかわからない状況《じょうきょう》からはじまった。

あ、そういえば俺《おれ》、高校生になったんだっけ。思い出したぞ。

まあねー。昔にくらべたら成長したから。母ちゃんもびっくりの伸《の》びっぷりで、中学校の制服《せいふく》なんか二年生のときに買い直したんだよな。

勉強も超《ちょう》がんばったよ。高校は地元で一番の高校に受かったし、短距離《たんきょり》でも県の代表選手に選ばれた。

『あ、そろそろ時間だよ！』

『がんばって！　今ならまにあうよ！』

『早く！　よーいドン！』

みんなが走れ走れ、って言うから、そのまま走り出した。風を切って、浅い息をして。

ゴールにたどり着いた。だけどそこは、なぜか霧《きり》につつまれたみたいに真っ白だった。

(どこなんだろう、ここ)

『嵐《あらし》くん』

霧《きり》の中、後ろから女の子の声がした。

振《ふ》り向《む》いて近寄《ちかよ》って、顔を確《たし》かめる。セーラー服を着た、長い黒髪《くろかみ》の女子高生。

……誰《だれ》だっけ、こいつ。見覚えはあるんだけど、名前がわからない。

『待ってたよ』

女の子が手を差し出してきたので、わけのわからないままにその手をとった。そのとき、今度は『あらし』と男の人に呼《よ》ばれた。

あれ、父ちゃん。

やっぱり生きてたんだ。

父ちゃんは、俺《おれ》が女の子と手をつないでいるのを見て、優《やさ》しく笑《わら》った。

『そうか、今度は間に合ったんだな』

えっ、「今度は」って何？

何のこと？

ていうか、生きてたにしても若《わか》すぎない？

そんで、この女の子はなんなの？


こんなわけわかんないことってある？

こんな……。

＊＊＊

どん、と床《ゆか》に落ちて目がさめた。

（いっ……ってぇ……）

寝相《ねぞう》が悪いから低めのベッドにしてるんだけど、落ちたらまぁまぁ痛《いた》い。おかげで、さっきまでいい夢《ゆめ》見てたような気がするんだけど、なんか全部吹《ふ》っ飛《と》んでしまった。

「あーあ、よく寝《ね》た……」

肘《ひじ》と腰《こし》をさすりながら、俺《おれ》はふと、枕元《まくらもと》においてある時計を見てぎょっとした。

「やっべぇ……。もう一時間目始まっとるわ」

そういえば、今日は母ちゃん朝早くから出かけてるんだった。「自分で目覚ましかけて起きなさい」って言われてたのにすっかり忘《わす》れてた。

サボるのは絶対《ぜったい》ダメだ。母ちゃんはそういうのに対してだけ記憶力《きおくりょく》が良くて、通知表に書いてある「休んだ日数」が一日でも多いと、「これ、どういうこと?」って鬼《おに》みたいな顔で問いつめてくる。あんな思いはもうしたくない。

いそいでパンとヨーグルトだけ食べて、歯《は》みがきをして着替《きが》えて家を出る。

「ワン、ワンワン!!」

茶太郎《ちゃたろう》が「どうしたの?」とばかりにほえた。でも、ごめん。お前と遊んでる場合じゃないんだ。

学校まで駆《か》け足《あし》で、途中《とちゅう》ちょっとだけ休みながら向かう。

昇降口《しょうこうぐち》で上ばきにはき替《か》えて、六年生の教室がある最上階まで階段《かいだん》を駆《か》けのぼった。

こっそり教室のドアを開けて中をのぞく。

「あれ……、誰《だれ》もいない」

そういえば、今日の一時間目は体育だったっけ。もっと早く来ればよかった。

ふと教室の前にかかってる時計を見てみる。一時間目が終わるまで、もうあと三分もない。

「あーあ……、今から行ってもしょうがないか……」

ひとりごとを言って、自分の席に座《すわ》ろうとした。そのとき、黒板に書かれた文字がたまたま目に入った。

今日の日直の「都波《つなみ》」のところに、ピンク色のチョークで「ブス」と書いてある。

「……誰《だれ》だこんなの書いたの」

六年生になってもしょうもないことするやつもいるんだな。……って、誰《だれ》がやったかわからんけど。

とりあえず、みんなが戻《もど》ってくる前になかったことにしちまおう。

俺《おれ》は黒板に近寄《ちかよ》って、ラーフル（黒板消し）を持った。


そのときだ。


教室の外からがやがやとした声がして、教室の後ろのドアが開いた。俺《おれ》はビクッとなって振《ふ》り返《かえ》る。すると、女子のグループが三人、教室の中に入ってきたところだった。

「嵐《あらし》くん……いつ来たの？」

梨乃《りの》が、黒板の前に立った俺《おれ》にそう聞いた。声は、はっきりと動揺《どうよう》していた。


なにこれ、もしかして俺《おれ》がやったって思われてる？

……タイミング、最悪。

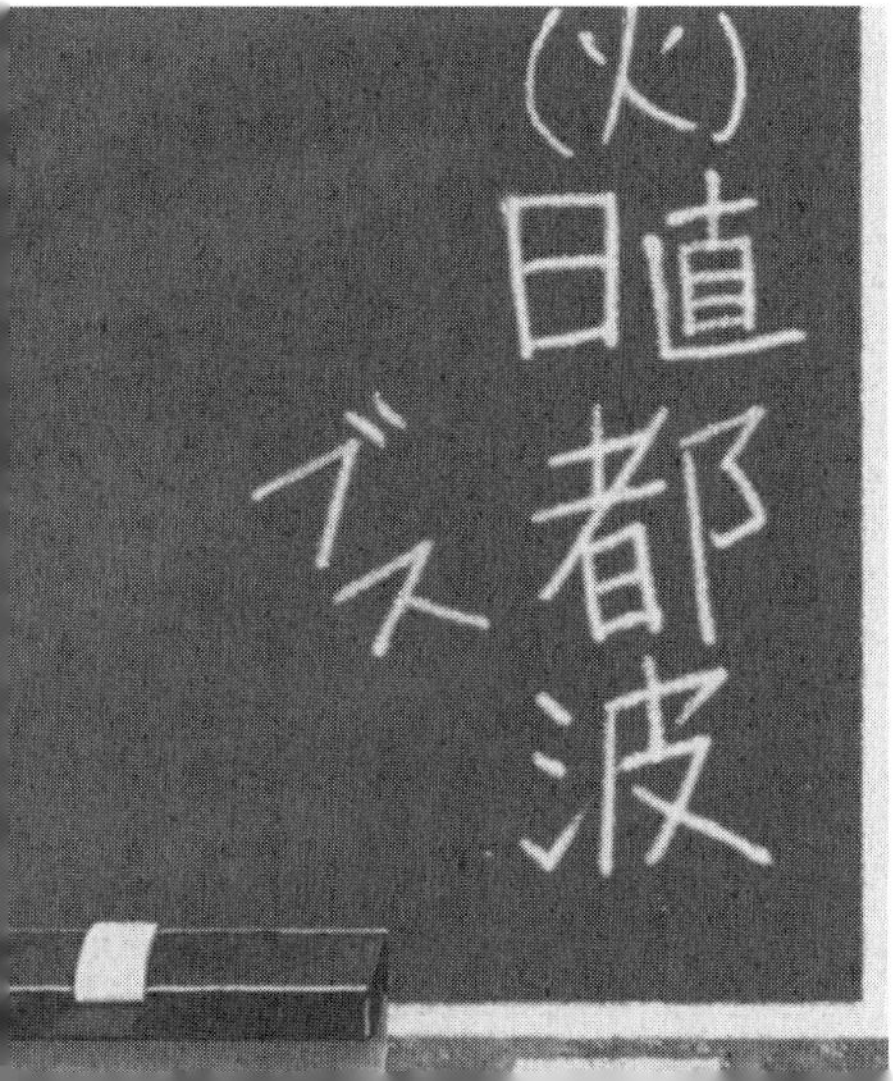

#05

「いや、これ……」

書いたの俺《おれ》じゃない、と言おうとして、外からした声にかき消された。

「サーブが入れば点入るって。ちょっとうちら下手くそすぎ」

「ってか、そのサーブすらふつうに入らないもんな」

そんな楽しそうな声が聞こえたあと、「あー、嵐《あらし》、やっと来たのか」と颯太《そうた》が明るく言った。

振《ふ》り向《む》くとクラスのほぼ全員が、教室の中に戻《もど》ってきた。ぱっと見、都波《つなみ》はいないみたいだけど……

「え、なに、どうした……って、えっ……」

言いかけて塁《るい》が固まった。これで男子たちにも黒板に書かれた文字を見られてしまった。

嫌《いや》なムードがただよう中、颯太《そうた》が俺《おれ》に駆《か》け寄《よ》ってきた。

「何これ？　どうしたの？」

「知らん。俺《おれ》も今来たとこだし」

「私《わたし》たちが教室に入ったら、嵐《あらし》くん、もう来てて、これも書いてあって……」

ちら、と梨乃《りの》が黒板の文字を見る。すると颯太《そうた》はあっけらかんと言った。

「えー、でもこれ嵐《あらし》の字とちがくね？　嵐《あらし》もっとヘッタクソだもん」

さすが颯太《そうた》。俺《おれ》のことよくわかってる。でも「ヘッタクソ」はよけいだバカ。

とりあえず、これにて一件落着《いっけんらくちゃく》……とはいかなかった。

男子の集団《しゅうだん》の中からざわざわとしゃべる声がした。

「ってか、女子の字みたいに見えるんだけど」

「そういや梨乃《りの》たち、トイレに行ってたとかで体育館に来るの遅《おそ》くなかったっけ。あやしいよなぁ」

今度はみんながいっせいに梨乃《りの》とその友達に注目した。

「ちがう！　私《わたし》たちじゃないよ！　なんでこんな悪口とか書かなきゃいけないの⁉」

「だって梨乃《りの》、かれんちゃんに相手されてなかっただろ。それでうらんでたんじゃないの？」

颯太《そうた》が言うと、女子のほうがザワッとなった。

俺《おれ》はちょっと前のそうじの時間に梨乃《りの》に言われたから知ってたけど、女子の間のびみょーな空気には、他の男子もうすうす気づいてたみたいだ。

そこから男子対女子で言い合いが始まった。

誰々《だれだれ》があやしい、だの。

あいつが前から変《へん》だった、だの。

（なんだこれ。……うっぜぇ）

見てると、関係のないことまで文句つけ出してるやつもいる。

「前から思ってたんだけどさぁ、梨乃《りの》って、自分がいつも中心じゃないとイヤなんだろ。かっこ悪いぞ、そういうの」

「なんで颯太《そうた》くんにそんなこと言われなきゃいけないの？　おせっかいなのはそっちだよ！」

ホントに、どうでもいいことで言い争ってんじゃねぇよ。俺《おれ》は、中心にいる颯太《そうた》と梨乃《りの》の間に割《わ》って入った。

「颯太《そうた》、梨乃《りの》、もうやめろよ」

「いや、でもこんなのかれんちゃんが見たらショック受けるぞ。もう二度とやんないって言わせないと」

「ちがうもん！　私《わたし》たちがやったんじゃないって言ってるでしょ！」

ああ、もうどいつもこいつもいい加減《かげん》にしろよ。こんなの、誰《だれ》がやったかわかるはずねぇじゃねぇか。

そんなに犯人《はんにん》が欲《ほ》しいんだったら……わかったよ。

「俺《おれ》がやったんだよ。……俺《おれ》、都波嫌《つなみきら》いだし」

教室の中が妙《みょう》にシー……ンと静まりかえった。

「でも、嵐《あらし》……」

「あいつ、妙《みょう》にスカしててムカつくから。お前らが言うほどかわいくねーのに」

俺《おれ》がそう言うと、颯太《そうた》は突然《とつぜん》ちがうほうを見て言葉を失ってしまった。

振《ふ》り返《かえ》ると、いつのまにか都波《つなみ》が教室の後ろのほうに立っていた。次の算数の時間に返されるクラス全員分の問題集を持ったまま、黒板の落書きを見て固まっている。

採点された宿題を職員室《しょくいんしつ》に取りにいくのは日直の仕事だ。だから今までいなかったのか。

都波《つなみ》がこちらに向かってくる。全身から汗《あせ》がふきだしそうなほど、ドキッとした。

いつから見られてたんだろう。

都波《つなみ》が俺《おれ》の横を通《とお》り過《す》ぎるとき、一瞬《いっしゅん》顔をゆがめた、気がした。

（あっ……）

だけど都波《つなみ》はすぐにいつもどおりの何の感情《かんじょう》もない顔に戻《もど》ると、問題集を教卓《きょうたく》にどさっと置いて、ラーフルを手に取り、さっさと落書きを消した。

女子の学級委員が、都波《つなみ》に声をかけた。

「都波《つなみ》さん、大丈夫《だいじょうぶ》？」

「べつに……。日直だから、授業《じゅぎょう》の前にきれいにしとかないと」

その素《そ》っ気《け》ない物言いに、教室にいた全員がしーん、と黙《だま》ってしまった。

そのとき、先生が教室に入ってきた。

「はーい、それじゃ算数はじめるぞ……って、どうしたんだ。なんだ、やけに静かだな」

みんなが気まずい様子でお互《たが》いの顔色をうかがっている。そんな中、都波《つなみ》だけがふだんと何にも変わらない、涼《すず》しい顔をして席に戻《もど》っていった。

一番の被害者《ひがいしゃ》がそんな感じだから、みんなも何も言えなくなったみたいで、おんなじように何も言わずに席についた。

「あれ、嵐《あらし》、いつの間にか登校してたのか」

黒板の前に立っていた俺《おれ》に、先生が気づいて近づいてくる。

「なんだ、寝坊《ねぼう》したのか？」

「すみません、かーちゃんが今朝《けさ》いなくて……」

「お母さんに頼《たよ》らなくても、ひとりで起きられるようにしろよ⁉」

クスクス笑う声がいつもより小さい。クラスの中が、変なふうに緊張《きんちょう》してるのがわかる。

やっぱりもっとちがうやり方であの場をおさめたほうがよかった気がするけれど、言っちゃったことはもう取り返しがつかないわけで……。

（もういいだろ。あいつのことムカついてるのはホントだし）

自分にそう言い聞かせるけれど、胸《むね》のあたりがじくじくずっとずっと痛《いた》くて、せっかく給食でカレーが出たのに味が全然わかんなかった。

7月　×日

末永嵐の
バカ――っ!!

意味わかんない。なんであそこであんなこと言うの？

どうせ私は感じ悪いですよ!!

7月　×日

末永《すえなが》くん、今日もしらんぷりしてた。

早く本当のこと言ってくれればいいのに。

何カッコつけてるんだろ。

7月1×日

国語の授業《じゅぎょう》で、戦争についてのお話を読んでいる。

学校が変わっても、この時期にこういうお話を読むのは、どこでも同じみたい。

今の日本が平和で良かった。

でも、みんなが仲良く平和にって、30人足らずの小さなクラスでもむずかしいみたい。

#06

「それじゃ、明日から夏休みに入るけど、危《あぶ》ないこと、きまりで禁止《きんし》されてることは絶対《ぜったい》にやらないように」

さっきから同じようなことを先生が何度も繰《く》り返《かえ》している。聞いててだんだん飽《あ》きてきた。

でも黒板の落書き事件《じけん》があってから、ずーっと学校生活がモヤモヤしっぱなしだったけど、それも今日でおしまいだ。

明日から、ずっと待ってた夏休み。早起きはしなくていいし、まいにち勉強しなくていいし、先生に怒《おこ》られなくてすむ。

ああ、早く終わんないかな……おじさんからもらった三色ボールペンを解体《かいたい》しながら、帰りの会が終わるのを待つ。

「嵐《あらし》！　聞いてるか⁉　お前が一番心配なんだからな⁉」

先生の大声が飛んできた。周りはくすくすと笑ってる。

……そんなに笑うようなことかよ。俺《おれ》はしれっと言ってやった。

「聞いてまーす。宿題忘《わす》れずに持ってきまーす」

「今は登校日の話してたんだけど……。これだから嵐《あらし》は心配なんだよなぁ」

クラス中で笑《わら》いが起きる。なんだこれ、超《ちょう》かっこ悪いじゃん。

うるせえよ、と後ろの席の男子を小突《こづ》くフリをして、一番後ろの席のあいつがどうしてるか、ちらっと見てみた。

(都波《つなみ》……)

……やっぱりだけど、ちっとも笑ってない。そりゃ、俺《おれ》にあんなこと言われたら当たり前か、とも思うけど。

謝《あやま》ったほうがいいのかなぁ。でも、言ったところで許《ゆる》してもらえるかもわからんし、そもそも黒板の落書きだってホントは俺《おれ》がやったんじゃないし……とか、まよってるうちにずるずると日にちは過《す》ぎて、あっという間に今日になってしまった。

でもいいか、と無理やり頭を切りかえる。ぐじぐじ悩《なや》んだって何したって、明日からは夏休みだ。地区の盆踊《ぼんおど》りなんかにもあいつは来ないみたいだし、考えたってどうにもなんないことは放っておくしかない。

一学期最後のお別れのあいさつのあと、持って帰るものでふくらんだランドセルを背負《せお》って、教室を飛び出した。

校舎《こうしゃ》の外に出ると、空はまぶしいぐらいに晴れていた。さんさんと照りつける太陽は、俺《おれ》の悩《なや》みまで焼きつくしてくれるみたいだった。

＊＊＊

「嵐《あらし》、今日もまた出かけるの？」

「うん。颯太《そうた》と文人《ふみと》と一緒《いっしょ》に、海行ってくる」

「ああ、そう。毎日毎日、おんなじことしてて、よくあきないわよねぇ」

「同じじゃないって。昨日は川で釣《つ》りだし、一昨日《おととい》は山でクワガタとり、で、明日はプール。全然ちがうって」

「ちがいがわからないけど……。あ、あんたちゃんと宿題やっとるの？　お母さんもう面談で『嵐《あらし》くんは宿題をよく忘《わす》れる』って先生に言われるの嫌《いや》……ちょっと、嵐《あらし》！　待ちなさい！」

お説教が長くなりそうだったので、俺《おれ》は玄関先《げんかんさき》に引っかけてあったキャップをさっとかぶって「待ち合わせの時間だ！　いってきまーす！」と大きな声を出して家から走って逃《に》げた。

太陽は今日も元気に、東の空から顔をのぞかせている。

夏休みに入って、あっというまに八月になった。一日中外にいて怒《おこ》られないのなんて休みの間だけだし、俺《おれ》たちは毎日めいっぱい休みを楽しんでいる。

朝は朝日と一緒《いっしょ》に起きて、それから日が暮《く》れてぶっ倒《たお》れるまで遊ぶ。

道を少し走っただけで汗《あせ》がじわっとにじみ出てきた。俺《おれ》は、待ち合わせの場所までキャップが飛ばされないよう手で押《お》さえながら、小走りで向かった。今日も一番乗りだ。

続いて、ゆっくり歩いてきたのは文人《ふみと》。「暑いね」なんて言ってるけど、麦わら帽子《ぼうし》に守られてる白い顔には汗《あせ》一つかいてない。それから五分くらいしてから、「わりぃわりぃ」と颯太《そうた》が小走りでやってきた。

俺《おれ》は最後にやってきた颯太《そうた》に、ちょっと怒《おこ》ったふりをして言った。

「おっせーよ。お前、あとで俺《おれ》たちにアイスおごれよ」

颯太《そうた》が「えー」と不満そうに言った。でも一番安いやつでかんべんしてやるから、な。

＊＊＊

午前中はがしがし水泳の特訓をした。颯太《そうた》なんか去年まで泳げなかったんだけど、俺《おれ》がびしばししごいてやったら、いつのまにかふつうに泳げるようになってた。「泳がなきゃ殺されると思った」なんて言ってるけど、泳げるようになったんだからむしろ感謝《かんしゃ》してほしい。

あー、それにしても腹《はら》へった。「そろそろ休もうか」と声をかけると、二人で海から上がって、日陰《ひかげ》に向かった。

日陰《ひかげ》では、文人《ふみと》が図書館から借りてきた本を読んでいた。三人でならんで、それぞれが持ってきたお昼ご飯を広げた。

俺《おれ》は家から勝手に持ってきたジャムパンを、水筒《すいとう》の麦茶で流《なが》し込《こ》む。甘《あま》いいちごジャムが体にじわじわっと染《し》み渡《わた》っていく。ああ、うまい。

「そういえば、今週の土曜日ってもう花火大会なんだなぁ」

颯太《そうた》がおにぎり（たぶんお母さんが作ったやつ）を食いながら言った。

うちの町の花火大会は、毎年夏休みに、俺《おれ》たちがそのうち通うことになるだろう中学校の校庭で開催《かいさい》される。小さな町の催《もよお》し物《もの》にしては結構《けっこう》人気で、市内だけじゃなくて、遠くの県からもお客さんがやってくるような一大イベントだ。

だから子供《こども》たちは、夏が来る前から楽しみにしてる。当然俺《おれ》も毎年行っている。

「そうだな。文人《ふみと》は大丈夫《だいじょうぶ》？　その日、他に用事とかない？」

文人《ふみと》は体が弱いから、病院に通ったり、大人《おとな》に禁止《きんし》されてることが多かったり、とにかくいろいろと一緒《いっしょ》に遊べないことが多い。

ちゃんと確認《かくにん》しとかなきゃな、とたずねると、文人《ふみと》は少し気まずそうに下を向いてしまった。こりゃぁ、今年もダメっぽいか……？

「あー……、その日は、通院とか他の用事はないんだけど」

「そっか！　じゃあ、俺《おれ》らと待ち合わせて――」

颯太《そうた》が言い終わらないうちに、文人《ふみと》が続けた。

「ちょっと、他の子に『一緒《いっしょ》に行こうよ』って言おうと思ってて」

えっ、なにそれ。初耳なんだけど⁉

文人《ふみと》が俺《おれ》にナイショで誰《だれ》かと仲良くなるなんて……いや、それはいいんだけど、もしかして……いや、まさか……なんだか、やな予感が……

固まる俺《おれ》をよそに、颯太《そうた》はいち早く反応《はんのう》した。

「えっ、誰《だれ》？　俺《おれ》らの知らないやつ？　どうせ会場で会うかもしれないし、教えてよ～」

すると文人《ふみと》は、いつもより緊張《きんちょう》したようなうわずった声で、言った。

「か……、颯太《そうた》たちと同じクラスの、都波《つなみ》かれんちゃん、だよ」

嫌《いや》な予感、大当たり。

#07

颯太《そうた》が「えーっ！」と大声を上げて食いついた。

「マジで⁉　え、いつ？　いつ頃《ごろ》から仲良いの？」

「一学期の間、学校の図書室で会うことはあったんだけど……。夏休みに入ってからは、大洲《おおず》の図書館でも会うから。かれんちゃんも本をよく読んでるみたいで……」

「あっ、図書館に行けば会えるのかぁ。そしたら俺《おれ》も行こうかなぁ」

休みの間、文人《ふみと》は俺《おれ》たちと一緒《いっしょ》に外で過《す》ごすこともあれば、体の様子を見てついてこなかったりとまちまちだ。俺《おれ》たちについてこないときは、となりの市にあるデカい図書館に行ってるって話を聞いてはいたけど、まさかそこでもあいつと会《つな》ってるとか思わなかった。

意外な名前が登場して、颯太《そうた》はすっかり興奮《こうふん》モード。そして俺《おれ》は完全にアウトオブ眼中《がんちゅう》だ。

颯太《そうた》があっけらかんと言いはなった。

「そしたらさ、かれんちゃんも連れてくれれば？　人数多いほうが楽しいよ‼」

「ちょっ……お前、何言って……」

「えっ、嵐《あらし》、どうしたの？」

どうしたのって、お前、あれだけうちのクラスで騒《さわ》ぎになったのに、もう黒板事《じ》件《けん》のこと忘《わす》れたのかよ。三歩歩けば忘《わす》れるニワトリか。

文人《ふみと》が俺《おれ》の代わりに答えた。

「嵐《あらし》はかれんちゃんのことが苦手なんだよ、ね」

言ってから文人《ふみと》が俺《おれ》のほうに目配せをしたので、俺《おれ》はドキッとした。

あの事件のことは、文人《ふみと》に俺《おれ》からは言ったりしてない。

文人《ふみと》にしてみれば、好きな女の子のことを「ブス」って書かれたって知ったらショックなはずだ。

それに、文人《ふみと》から「何もするな」って言われてたのに、わりとすぐ俺《おれ》があいつに嫌《きら》われるようなことを言っちゃったってのも、申《もう》し訳《わけ》ないっていうか、気まずいっていうか、とにかく文人《ふみと》には知られたくなかった。

けど、俺《おれ》がだまってたところで、うちのクラスの他のヤツとか、都波《つなみ》本人から文《ふみ》人《と》に伝わってておかしくはなかったわけで……

そしたら、颯太《そうた》は「あっ！」と手を打った。

「黒板のいたずら書きのことかー。でもあれってホントに嵐《あらし》がやったの？　嵐《あらし》ってバカだけど、そういうことするキャラじゃないよな。字も嵐《あらし》っぽくなかったし」

だからさあ、いちいち言わなくてもいいっつーの。

文人《ふみと》も苦笑いして「ねぇ」なんて言ってるし、ああ、やっぱりバレてたんだ……。

俺《おれ》はわざとぶっきらぼうに言った。

「……どうでもいいだろそんなこと。とにかく、文人《ふみと》は都波《つなみ》と二人で行けよ。そしたら、俺《おれ》らは塁《るい》とか海二《かいじ》とか誘《さそ》って行くから」

「えー、なんでぇ!?」

なんで、じゃねぇよ、そんなの……

「女子が来るとめんどくさいんだよ。絶対《ぜったい》、下駄《げた》で足痛《いた》いとか言いそうだし。マジめいわくだよ」

「えー……そこまで言う？」

颯太《そうた》は不満そうな顔をしていたけど、気づかないふりをする。文人《ふみと》はそんな俺《おれ》らを見ながら「ありがと」と言って笑った。

……べ、べつに文人《ふみと》のためとかじゃないんだからな‼

8月　×日

打ち上げ花火の種類

割《わ》り物
（菊《きく》、ぼたん、芯入《しんいり》、かんむり菊《ぎく》、型物、ヤシ）

ぽか物
（やなぎ、ハチ、分ぽう、花らい）

半割物《はんわり》
（千輪菊《せんりんぎく》）

見分けつくかな？

＊＊＊

「……今日もあっついね。この分なら、夜まで晴れそうだね」

土曜の昼、クワガタをとりにいった帰り、文人《ふみと》が空を見上げて言った。

今夜は花火大会だ。昨日ぐらいから、見慣《みな》れない他県ナンバーの車なんかもちょこちょこと見かけるようになって、町全体がなんかそわそわしてる感じだ。

天気予報《よほう》でも夜まで晴れるって言ってたし、きっと予定どおり花火大会はやるだろう。

「そういや文人《ふみと》、かれんちゃんは来てくれるって？」

麦茶を飲みながら颯太《そうた》が聞く。そしたら、文人《ふみと》はちょっとはずかしそうに言った。

「うん……。『何もなかったら行く』って言ってくれたから、たぶん大丈夫《だいじょうぶ》だと思うけど……」

「へー、そしたら、俺《おれ》たちと会場で会うかもな。そしたら一緒《いっしょ》に……」

俺《おれ》がジロッとにらむと「な、なんでもない」と颯太《そうた》はあわてて取り消した。

くっそー……、都波《つなみ》のやつ。断《ことわ》ってくれりゃ文人《ふみと》がこっちに来てくれたのに。クソ暑いせいか、なんだかやたらイライラする。

俺《おれ》はぶすっとしたまま、「それじゃ。颯太《そうた》はまた夜に」と言って二人と別れた。

「ただいまー!」

茶太郎《ちゃたろう》もぐったりと寝《ね》てる中、玄関《げんかん》のドアをあけていきおいよく家の中に呼《よ》びかける。返事がないから母ちゃんは店のほうにいるのかも。

店に続くドアに向かって、もう一度「ただいま」と言った。だけどやっぱり何も返ってこないし、物音も聞こえない。

(……あれ? いないのかな)

営業《えいぎょう》時間に店には来るなって言われてるけど、気になってドアをあける。すぐにむわっと暑い空気が押《お》し寄《よ》せてきた。

静まり返った店の中をこっそりのぞくと、流しの前に誰《だれ》かが寝《ね》っころがっているのが見えた。

母ちゃんだ。こっちに向けている細い背中《せなか》は、ぴくりとも動いていなかった。

#08

「かーちゃん、かーちゃん！」

急いでかけよって、手を握《にぎ》りながら呼《よ》びかける。反応《はんのう》はない。

まさか、このまま目を開けなかったら……胸《むね》がぎゅっと痛《いた》くなって、心臓《しんぞう》が一気にどきどきと早く脈打《みゃくう》つ。

頭の中に、父ちゃんが白い木の箱に入って家に戻《もど》ってきた日のことが思《おも》い浮《う》かんだ。二度と、話しかけることも、一緒《いっしょ》に遊ぶこともできなくなった、父ちゃん。また、あんな思いを俺《おれ》は、俺《おれ》は――

「あ……らし……」

母ちゃんの口から小さな声がもれでた。

よかった。とりあえず生きてるみたいだ。じん、と目の奥《おく》がしびれてきた。

「あら……し……、リカに、電話して。でなかったら、おばあちゃんに……」

すぐにうなずいて、電話機から母ちゃんの妹であるリカおばさんの家につながる短縮番号《たんしゅく》のボタンを押《お》す。

呼《よ》び出《だ》し音《おん》が何度も鳴る。

おばさん。こんなときに、どこ行っちゃったんだよ。早く、早く出てくれよ——

別のところに電話したほうがいいだろうかと思ったとき、ようやくつながった。

ハイもしもし、と言われたけれど、なんて説明したらいいかわからない。とにかく俺《おれ》は、頭に思《おも》い浮《う》かんだことを電話口で叫《さけ》んだ。

「あの、あ、嵐《あらし》だけど。母ちゃんが……倒《たお》れちゃったんだ。今すぐ来て！」

＊＊＊

病院についてからも、俺《おれ》は一人なんにもできず、待合室で座《すわ》ってるしかなかった。

時間が、どんどん過《す》ぎていく。

ああ、どうしてこんなふうになっちゃったんだろう。

このまま治らなかったら……。そんなの嫌《いや》だ。

嫌《いや》だ。

(お願い、父ちゃん、どうにか助けて!)

両手を合わせて祈《いの》ってたとき、「末永《すえなが》さん、入っていいですよ」と、ようやく白衣の人に呼《よ》ばれた。

「お姉ちゃん、びっくりさせないでよ。ふだんから『働きすぎだ』って言ってたでしょ」

「ごめん……。まさか倒《たお》れるとは自分でも思ってなかった」

歳《とし》のせいかなぁ、と言ってベッドの上で母ちゃんは笑った。いつもの勝ち気な印象の顔とは全然ちがう、やつれて元気のない表情《ひょうじょう》で。

お医者さんによると、母ちゃんが倒《たお》れた原因《げんいん》は「疲《つか》れ」「貧血《ひんけつ》」「暑さによる脱《だっ》水《すい》」の三つがいっぺんに重なったことだそうだ。とくに今日は、朝から老人ホームに出張《しゅっちょう》して髪《かみ》を切ったりしてたので、休む時間がなかったらしい。

点滴《てんてき》のおかげか、今はいくらか顔色もよくなって、会話もできるようになった。

それからまたお医者さんが来て、とりあえず今日は家に帰ってもいいことになったけど……。しばらくは安静にしなきゃダメだと言われた。

病院の外に出て、おばさんの車に乗《の》り込《こ》む。

「リカ、ごめんね。忙《いそが》しいときに」

「まぁ、いいって。小さい頃《ころ》はうちのほうがめいわくかけたからねー。これぐらいしなきゃ」

母ちゃんが謝《あやま》ると、おばさんが大きな声で笑った。リカおばさんはうちの母ちゃんよりさらに男勝《おとこまさ》りで、豪快《ごうかい》だ。（ちなみにバカでっかい里芋《さといも》畑をもってる農家。トラクターを軽々《かるがる》運転する姿《すがた》は、めっちゃかっこいい）

「でもよかったね、嵐《あらし》。アンタも心配だったでしょ。電話のときあせってたもんねえ。嵐《あらし》があのとき家にいてよかったよ」

運転席からおばさんが話しかけてきたので、俺《おれ》は後ろの座席《ざせき》から答えた。

「うん……」

今日、ずっと、ベッドの横につきそいながら考えてた。

母ちゃんが倒《たお》れたのは、自分のせいだって。俺《おれ》、母ちゃんが休みもなく働いてるのに、遊んでばっかりで何も手伝わないし、それどころか、学校の先生に呼《よ》び出《だ》されたり、困《こま》らせてばっかりだ。

（これからは、もっと、ちゃんとしよう……）

車が家の前についた。見上げると、病院を出るときにあった西の空の太陽はすっかり姿《すがた》を消していて、空の色がだんだんと濃《こ》くなっていた。

母ちゃんはおばさんに「ありがとう、たすかった」と三回ぐらいくりかえして言ってから車をおりて、おばさんの車が見えなくなるまで見送った。

家に入ると、昼よりはいくらか涼《すず》しくなってた。時計を見ると、颯太《そうた》んちに行くって言った時間まで、あと十分しかなかった。

花火、見に行きたいけど、どうしようかな。やっぱ今日はやめといたほうがいいのかな……。そんなことを考える俺《おれ》の横で、母ちゃんは大きく息をついた。

「それじゃ、嵐《あらし》。私《わたし》もちょっと出かけてくるから。あんた花火見に行くんだったわよね？　家出るときは戸締《とじ》まりよろしくね」

「えっ？」

何言ってんの？　思わず変な声で聞き返してしまった。

「どっか行くの？　病院の先生、今日は家で寝《ね》てろって言ってなかったっけ」

せっかく元気になったのに、そんなことしたらまた倒《たお》れてしまうかもしれない。

俺《おれ》の質問《しつもん》に、母ちゃんは「やれやれ」とばかりに言った。

「うん……そうなんだけど、ほら、今日お寺に行く日でしょ」

「あ……」

言われて今さら気がついた。

花火大会のことに気を取られて、今日が月命日だってずっと忘《わす》れてた。俺《おれ》のアホ。

それならそうと、母ちゃんももっと前から言ってくれればいいのに。そしたら遊ぶ用事早めに切り上げて行ってきたんだけど。

そんな気持ちで母ちゃんの顔をちらっと見上げると、俺《おれ》の言わんとしてることが伝わっちゃったみたいだ。

「いや、あんたに頼《たの》もうかとも思ったよ。でもここ最近ずっとまかせっきりだったし、ちょっと悪いかな、って。まさか倒《たお》れると思ってなかったから。ホントは今日は少し早めに、お店閉《し》めて行くつもりだったんだけど」

変なところで遠慮《えんりょ》しぃなのは、自分もそうだから気持ちはわかる。それに、今まで一回もお参りを欠かしたことがないから「こんなところで途切《とぎ》れさせたくはない」っていう、変な意地みたいなのがあるんだろう。そこも、俺《おれ》とおんなじだ。

だったら、だ。

「俺《おれ》が、行くよ」

「はぁ?」と母ちゃんの声がうわずった。俺《おれ》はかまわず続けた。

「俺《おれ》が代わりに墓参《はかまい》りに行ってくる。母ちゃんは休んでろよ」

09

「いや、でも嵐《あらし》は友達との約束が……」

そりゃ、ホントは花火大会に行きたいし、一度決めた約束をドタキャンするのなんて嫌《いや》だ。かっこ悪いし、颯太《そうた》たちをがっかりさせたくもない。

けどさっき「もっと親孝行《おやこうこう》する」って決めたんだ。約束より楽しみより、そっちのほうが、ずっと大事なことだ。

俺《おれ》は首を横に振《ふ》った。

「どっちにしろ、行けないって今、颯太《そうた》に電話しようと思ってたんだ。花火は来年も見られるし、今年はいいかなって」

母ちゃんがまた何か言おうとしたけれど、それより先に俺《おれ》は言った。

「ってか、そんなへろへろの状態《じょうたい》の母ちゃんに来てもらって、父ちゃんがよろこぶわけないし」

「でも……」

「もういい歳《とし》なんだから、無理すんなよ。知ってんだぞ。最近どっか体も痛《いた》いんだろ。風呂場《ふろば》にはがした湿布《しっぷ》すててあったよな」

……ホントはこんなにキツいこと言いたいんじゃない。だけど、誤解《ごかい》されたってなんだっていい。

もし俺《おれ》が死んじゃったとして、大事な人のことをあの世から見られるとしたら、そんな体調が悪いときに無理して来てほしいなんて思わない。

だからとにかく、休んでろって、俺《おれ》のこと頼《たよ》りにしてくれって言いたいんだ。

母ちゃんはようやく表情《ひょうじょう》をやわらげた。

「わかった……。今日は嵐《あらし》に心配かけたからね。言うとおりにするよ」

でも歳《とし》のことはよけいだよ、と頭を小突《こづ》かれた。

俺《おれ》は母ちゃんに「颯太《そうた》んちに電話だけしといて」と言って、すぐに出かける用意をした。

＊＊＊

しめった風の中に、祭りの音楽が聞こえた気がした。

ふと振《ふ》り返《かえ》って坂から町を見下ろすと、夕闇《ゆうやみ》の中にそれぞれの家の電気がついていて、動かない蛍《ほたる》の群《む》れの上にいるみたいだった。

中学校の校庭を探《さが》す。ああ、すぐわかった。あそこで今頃《いまごろ》、祭りをやってるにちがいない。いつもよりたくさんの光があつまっていて、その下に人がいっぱいいるのが見えるから。

それからもう少しだけ坂をのぼって、懐中《かいちゅう》電灯の明かりを頼《たよ》りに、一ヶ月ぶりにおとずれるうちの墓《はか》を探《さが》した。


もうすっかり日は沈《しず》んでいる。周りには誰《だれ》もいない。こんな暗いところに、しかもお墓《はか》なんてちょっと不気味な場所に一人なんて、よくよく考えてみたらわりと怖《こわ》い。だからあんまり考えないことにする。

「うわぁ……」

うちの墓《はか》の周りは、この夏の暑さのおかげで元気になったドクダミがわさわさとしげっていた。ドクダミって結構《けっこう》あちこちに根を張《は》ってるから、草取りするのははかなり大変だったりする。

「……でも、やるしかないよな」

母ちゃんには「お花を供《そな》えるだけでいいよ」って言われてたけど、さすがにこの状態《じょうたい》を放置しとくわけにもいかない。なんてったって俺《おれ》は、きれい好きの母ちゃんの代わりに来たんだ。中途半端《ちゅうとはんぱ》にはできない。

俺《おれ》は本堂で水を汲《く》んでくると、「草一本も、石にひとつの汚《よご》れもないぐらいぴっかぴかにしてやる」と心に決めて、ドクダミのほそい茎《くき》をひっつかんだ。

虫よけスプレーをしたはずなのに、虫がよってくる。汗がおでこから頬《ほお》をつたって、あごからぽとっと落ちた。

「……これぐらいでええか」

ほっと息をついた。とりあえず見えるところには葉っぱも花も茎《くき》もなくなった。手がすっかりドクダミ臭《くさ》い。

それから持ってきたほうきで土ぼこりを払《はら》って、手ぬぐいで水拭《みずぶ》きして、となりんちの墓《はか》（昔お供《そな》えもののいちご大福をかっぱらって母ちゃんにすげぇ怒《おこ》られた）

もキレイにしておいた。

全部が終わると、「お父さんがこれ好きだったから」と母ちゃんから持たされたでかい花とみかんジュースをお供《そな》えした。

火事にならないよう風よけがついてる、お墓参《はかまい》り用のライターで線香《せんこう》に火をつけて、石の前に座《すわ》って手を合わせる。

父ちゃんと、その他大勢《おおぜい》のご先祖《せんぞ》さまに心の中でお願いした。

（えーと……、まだ、母ちゃんにそっち行かれたら困《こま》るんですけど……）

そのとき、突然《とつぜん》、どーん、という大きな音が聞こえた。

思わず顔を上げると、まっくろな夜空に、光る巨大《きょだい》な花が咲《さ》いていた。

「あ……」

思わず声が出てしまった。

ぱらぱら、と光の花びらが降《ふ》ってくる。なんて、きれいな花火なんだろう。お供《そな》えした花と、よく似《に》た黄色をしていた。

いつもより空に近いからだろうか、今まで見た花火よりも、大きくて、迫力《はくりょく》があって、完全に夜空にとけてしまうまで、ずっと見ていた。

（そういやあいつら、楽しくやってんのかな……）

自分で決めたとはいえ、やっぱり気になる。颯太《そうた》はクラスのやつらとわいわいしながら一緒《いっしょ》に見てるだろうし、文人《ふみと》は……。

そのとき後ろから「……くん？」と小さな声が耳に届《とど》いた。

（……誰《だれ》？）

もしかして和尚《おしょう》さんか誰《だれ》かが、俺《おれ》の様子を見に来たんだろうか。振《ふ》り返《かえ》って声の主を探《さが》してみるけど、それらしき人はどこにもいない。

気のせいかな。それにしちゃ……と納得《なっとく》いかない気持ちで首をひねると、もう一度「ねぇ」と聞こえた。今度はわりと、はっきりと。

「うわっ！」

いつのまにか、うちの墓《はか》のすぐ下に、紺色《こんいろ》の浴衣《ゆかた》を着て髪《かみ》の毛《け》をおだんごにまとめた女の子がたたずんでいた。

（ま、マジで幽霊《ゆうれい》⁉）

早くどっか行けよ！　強く念じたけど、女の子の幽霊《ゆうれい》は暗闇《くらやみ》の中、俺《おれ》のほうにまた一歩近づいてきた。

なに？　母ちゃん連れてかない代わりに、俺《おれ》のこと連れてくとかそういうこと？　ちょっとやめてよ、そこは空気読んでよ、俺《おれ》まだ十一歳《さい》なんだから‼

薄明《うすあ》かりの中でも、顔がわかるぐらいに幽霊《ゆうれい》が近づいてきた。その瞬間《しゅんかん》、「えっ」と叫《さけ》んでしまった。

「都波《つなみ》……？」

……お前、一度ならず、二度もここで俺《おれ》をびっくりさせるなよ。

#10

（ってかなんでここにいるの？　誰《だれ》かの墓参《はかまい》りなの??　それにしたって、こんな時間に来る必要ある？？？）

またもや頭の中がこんがらがってくる。びっくりして口をぽかんとあけたまま、しばらく固まってしまった。

「なんで、ここに……？」

都波《つなみ》は能面《のうめん》のような顔を少しも変えずに言い放った。

「歩いて」

そういう意味じゃねぇよ。ひょっとしてギャグで言ってるんだろうか。

「何やってんの？」

今度は、逆《ぎゃく》に聞かれた。

「何って、墓参《はかまい》りだけど……。都波《つなみ》こそ」

「花火。ここなら人少なくて、よく見えるって聞いたから。でも……」

でも、何なんだろう。

ちょっと待ってみたけど、なかなか続きを言わない。

……もしかして。外見では全然わかんないけど。

「ひょっとして、怖《こわ》くなっちゃったとか？」

ぴくっと肩《かた》が動いて、下を向いた。当たりだったみたい。

「別に、一人でもいいけど。ついて来たいなら来れば」

都波《つなみ》がすたすたと歩き出す。ずっとヤンキー座《ずわ》りしっぱなしだった俺《おれ》は、追いかけようとしてちょっとよろけてしまった。

すっげームカついたけど、やっぱ一人にしとくわけにはいかない。

「ちょっと待てよ。そっち真っ暗だし、座《すわ》るとこないぞ」

「……」

都波《つなみ》が立ち止まった。

「それに、この前そのへんであやしい霊《れい》っぽいの、見たんだよな……」

もちろん口から出まかせだ。でも、バッチリ効果《こうか》はあったみたいで
「じゃあどこらへんならいいの」

都波《つなみ》がちょっと怒《おこ》ったみたいにたずねてきた。本当はビビってるくせに。笑いこらえるの大変なんだけど。

結局、墓地《ぼち》の端《はし》っこの花火がよく見える石段《いしだん》に腰《こし》をかけた。二ヶ月前、こいつが立っていた椿《つばき》の木のすぐ近くだ。

どーん、どーん。河口《かこう》から打ち上げられた花火は、肱川《ひじかわ》の水面に少しだけうつって、つぎつぎと夜空に消えていく。

都波《つなみ》は何もしゃべらないで、ずっと花火を見ている。……なんだか、現実《げんじつ》じゃないみたいだ。

他に誰《だれ》もいないし、じゃまされることもないかと思って、俺《おれ》は思いきって話しかけた。

「あのさ、この前の落書きのことなんだけど……」

「あれ、やったの、ちがう人だよね」

俺《おれ》が最後まで言い終わる前に、言われてしまった。

やっぱ気づかれてたか。そうじゃなかったらご

めんって言っておしまいにしようと思ってたんだけど。

まぁ、それならしかたないか。俺《おれ》はこくんとうなずいた。

「ああ……。けど、梨乃《りの》たちでもないと思う。だから、うちのクラスの女子のこと、悪く思わないでほしいんだけど」

「知ってるよ」

「えっ」

「梨乃《りの》ちゃんたちっていい子だし、そういうことするタイプに見えないから」

じゃあなんで一緒《いっしょ》に遊ぼうって言われて、ずっと断《ことわ》ってるんだろ。っていうか……

「誰《だれ》がやったか、もしかしてわかってんの？」

都波《つなみ》は草履《ぞうり》をはいた足をぶらぶらさせながら、ぼそっと言った。

「たぶんだけど、文人《ふみと》くんと同じクラスの男子」

「えっ……。なんで……」

「『好き』って言われたけど、断《ことわ》った」

なんだそりゃ。今まで犯人《はんにん》のフリをしてた俺《おれ》の苦労は一体なんだったんだ。

つうか、フラれたぐらいで悪《あく》どいことする男子もいるんだな。俺《おれ》はフラれたことも、誰《だれ》かに告白《こくはく》しようと思ったこともないから、ほんとはよくわからんけど……。

「そいつの名前……、とかって言いたくないよな」

「うん、言えない。言いたくない」

はぁ、と力が抜《ぬ》ける。ため息をついた俺《おれ》に、都波《つなみ》はまたぼそっと言った。

「で……、『スカしててムカつく。かわいくない』ってのは、ホント？」

「あ……いや、ウソ。ごめん、言いすぎた」

あのときは、そうとでも言わなきゃ俺《おれ》が書いたってみんな納得《なっとく》しない気がして、つい口がすべった。

「ホント、言いすぎだよ。みんなの前であんなこと……」

返す言葉もない。うなだれる俺《おれ》に、都波《つなみ》は「でも」とつけくわえた。

「私《わたし》も前に『チビ』って言っちゃったから。おあいこかな」

おあいこって……俺《おれ》のほうが明らかにひどいこと言ってる気がするんだけど。でも本人がそう言ってるんだからいっか。俺《おれ》はなんでか都波《つなみ》の顔が見られなくなって、ふいと視線《しせん》をそらして前を向いた。

「末永《すえなが》くんお墓《はか》、毎月来てるの？」

都波《つなみ》の質問《しつもん》に、俺《おれ》は思わず正直に答えた。

「ああ。父ちゃんの月命日だから、母ちゃんか俺《おれ》か、どっちかが来てる」

「お父さん、亡《な》くなっちゃったんだ」

「うん。俺《おれ》が小学校入るちょっと前に。海外で事故《じこ》って、あっけなく」

都波《つなみ》はそれを聞いて「そっか……」とつぶやいた。

「もしかして、お父さん、写真撮《と》るの好きだった？」

「えっ⁉　なんで知ってるの？」

思わず横を見ると、都波《つなみ》も同じくらいびっくりしていた。

「ナイショ。っていうか、当てずっぽうだから、気にしないで」

本当に当てずっぽうなのかな……。まぁ、いいけど。

「お前は？　親戚《しんせき》かなんかの墓参《はかまい》りのついで？」

無言で首を横に振《ふ》ってから、都波《つなみ》が答えた。

「ちがう。こっちに親戚《しんせき》とか知り合いとか全然いない」

「じゃあ、なんでこんなとこまで。誰《だれ》に聞いたの？」

「……インターネットで調べたら、ここが穴場《あなば》だって書いてる人がいたから」

「へー。そんなことまで調べられるんだ。うち、ネット通ってないから知らなかった」

都波《つなみ》は「へぇ」とちょっと意外そうな顔をした。今どき、ネットが家で使えないなんて時代遅《おく》れなんだろうか。なんか恥《は》ずかしい気がして、俺《おれ》は強引《ごういん》に話題を変えた。

「そういや、親戚《しんせき》も知り合いもいないのに、そしたらなんでこっちに引《ひ》っ越《こ》してきたん？」

答えたくないなら答えなくていいぞ、という雰囲気《ふんいき》を出しながら聞くと、都波《つなみ》は正面を見ながら、短く答えた。

「ママの仕事の都合」

「……そりゃ、こんな田舎《いなか》に。めずらしいな」

別に地元が嫌《きら》いなわけじゃないけど、若《わか》い人がどんどん都会に出ていってしまってるのが問題になっているような町だ。都波《つなみ》のお母さんみたいなのは、まぁまぁめずらしいパターンな気がする。

「うん。ママは人が足りてないところに行く人なんだ。『ハケン』っていうんだって」

「ふーん。そういうのもあるんだな。そしたら父ちゃんは？　家でできる仕事なの？」

何気なく浮《う》かんだ質問《しつもん》に、都波《つなみ》は少しだけ戸惑《とまど》って、それから言った。

「……うちも、お父さんいないんだ」

#11

えっ……、あっ、そうだったの?? 全然知らなかった。すげぇビックリだ。

いや、俺《おれ》んちもいないし、そんなめずらしいことでもないって、同じ立場だからわかるんだけど。でも都波《つなみ》はお嬢様《じょうさま》っぽい見た目だし、きっと「お父さんお母さんに甘《あま》やかされて育ってるんだろう」って、勝手に思ってた。

この際《さい》だから、いろいろ聞いちゃえ。

「お前の父ちゃんも死んじゃったの?」

「ううん。たぶんどっかで生きてる」

そこは俺《おれ》とちがうのか。生きてるのに一緒《いっしょ》に暮《く》らせない。それって……

「そりゃ、つらいな」

思わずつぶやくと、都波《つなみ》は意外そうに聞き返してきた。

「そう? そっちのほうがつらくない?」

「いや、いないならいないでさみしいけど、あきらめってつくし……。どっちがマシってわけじゃないけど、なんか、お前も大変そうだな、って」

なんか、言いたいことがうまくまとまらなかった。いつも他の女子に対するときみたいに、キツいこと言ってヘコませるのはちょっと嫌《いや》で。でも他の男子みたく下心があるようなことも言いたくなくて、フワッとしたことしか出てこなかった。

花火がどどん、と打ち上がった。赤と黄色の、同じ形の色《いろ》ちがいの花火。

「まぁ、ヤなことは、なくはないよね……」

「それって、イジメ的な」

「んー……まぁ、似《に》たような感じ」

そう言うと、川の中で弾《はじ》けている仕《し》かけ花火《はなび》に目を落とした。

……転校初日から、嫌《いや》な女子だと思ってた。見た目が良くて、頭が良くて、なんでもできるのに、周りになじもうとしない。きっと俺《おれ》らのこと、バカにしてるんだろうって、ずっと思ってた。

だけど、こいつにもつらいこととか、さみしいこととか、たくさんあったのかもしれない。今の話聞いただけで手のひら返すなんて、俺《おれ》も単純《たんじゅん》だけど……

「都波《つなみ》。あのさぁ」

「なに？」

「もう一人でガマンするなよ」

「えっ……」

「前の学校とかで何があったかわからんけど。梨乃《りの》なんかは、ほんとにお前と仲良くしたいみたいだからさ。家のこと知っても言いふらしたりせんよ。たまーに落書きしたやつみたいな変なのもおるけど、そういうのは今度から俺《おれ》がシバくから。だから……もっと、俺《おれ》らのことたよってくれよ」

ちょっとカッコつけすぎかな、と思わないでもない。今までこいつの身に何があったかもわからない。

だけど、今までがつらかったからって、これからもずっとつらいままじゃない。俺《おれ》だって、さみしくてつらいときもあったけど、楽しいことも笑えることもたくさんあった。それって、颯太《そうた》とか文人《ふみと》とか、友達の存在《そんざい》って大きいと思うんだ。

これからずっとこの町で暮《く》らすなら、きっと友達が助けになってくれるはずだ。早く心を開いてほしいんだ。

「でも……」

都波《つなみ》が言いかけたとき、どどん、と背中《せなか》まで響《ひび》く大きな音がした。

パッと見上げると、大きな大きな、町全部を包《つつ》み込《こ》んでしまいそうなほど、巨大《きょだい》な花火が高く打ち上がっていた。

うわぁ、と思わず声を出してしまった。ぱらぱら、と長い尾《お》を引いて消えていっても、まだ目に焼きついてるみたいで。

もう一回打ち上がらないかなって、期待してたけど、いつまでたっても次の花火が上がってこない。

——今のが、最後の花火、だった。


なごりおしく空を見上げていると、都波《つなみ》が口を開いた。

「末永《すえなが》くんは、花火、好き？」

変な質問《しつもん》だ。そんなの答えは決まってる。

「好きだよ。なんで？」

「……私《わたし》はあんまり好きじゃない」

なんじゃそりゃ。わざわざこんなところまで坂をのぼってくるぐらいなのに、好きじゃないってどういうこと？

俺《おれ》が「なんで？」と聞くと、都波《つなみ》は少し声をうわずらせて言った。

「花火って、消えちゃうじゃん」

一呼吸《ひとこきゅう》おいて、都波《つなみ》が続けた。

「見る前はワクワクするけど、終わると絶対《ぜったい》ちょっとさみしくなるし。きれいなのも一瞬《いっしゅん》だし、なんにも残らないじゃん」

たしかにそうかもしれないけど……、それってものすごく悲しいものの見方じゃないだろうか。

俺《おれ》も、バカなりにがんばって返事をしてみた。

「だけど、思い出には残るだろ」

「えっ……」

「きれいだったなぁ、また見たいなぁ、って。そういういい思い出があれば、なんにも残らなくはないんじゃない？」

都波《つなみ》はよくわからない、といった顔をして黙《だま》ってしまった。説明ヘタクソでごめん。

「あのさ、うちの母ちゃんとかおばさんがよく言うんだ。父ちゃんは見えなくなっちゃったけど、俺《おれ》が思い出すかぎり、ずっとそばにいるのと一緒《いっしょ》だって。それとはちょっとちがうかもしんないけど、カタチとかなくなっても、思い出って大事だと思う。それに……」

うまく伝わるかどうかわかんないけど。

「そういうときに感じるさみしさって、いいさみしさなんだって。すごく楽しかったっていう証拠《しょうこ》なんだってさ」

そしたら都波《つなみ》は、またたずね返してきた。

「末永《すえなが》くんは、今、さみしい？」

「俺《おれ》か？　そりゃ――」

その先を続けようとして、ふと思い出した。

(俺《おれ》、こいつとあんまり関わっちゃいけないんだっけ……)

小さい頃《ころ》からおとなしくて、体も弱かった文人《ふみと》が、「僕《ぼく》の理想だ」って言った女の子。

文人《ふみと》があんなにはっきり自分の意見を口にするなんて初めてで、本当は文人《ふみと》の思いをかなえるために友達としていろいろ手助《てだす》けしなきゃいけないのかもしれない。

なのに俺《おれ》は、都波《つなみ》のこと「そんなにかわいくない」ってみんなの前で言ったり、俺《おれ》みたいなのと友達なんて、文人《ふみと》の印象が悪くなることしかしてない。

その上、俺《おれ》は今日ここに来てから、ずっとドキドキしてたんだ。

都波《つなみ》がいきなり現《あらわ》れて、思わず放っておけなくなって、今まで知らなかったことたくさんしゃべって、高いところから花火見て、予想外のことばっかりだったけど、とにかく花火がもうちょっと続かないかなとか思ってて。

今の流れだと、「さみしい」って言ったら、楽しかったって認《みと》めることになってしまう。


それって、ダメなんじゃないだろうか。


「あの……」

そのとき、「おーい」と坂の下から声がした。

「……今の声、どっかで聞いたことある」

「あ、え、あの、颯太《そうた》たちかも。俺《おれ》のこと探《さが》しに来たのかな」

「えっ……」

都波《つなみ》は一瞬《いっしゅん》困《こま》ったように顔をゆがませると、急にいつもの無表情《むひょうじょう》になってスッと立ち上がった。

「私《わたし》、あっちの階段《かいだん》のほうから帰るから」

「いや、あぶねーよ。ちょっと待って……」

「行きに通った道戻《もど》るだけだから。ママに迎《むか》えに来てもらうから平気」

「お、おう。気いつけてな」

都波《つなみ》の背中《せなか》が暗闇《くらやみ》の中に消えていく。それからすぐに、坂の下で男の子二人が手を振《ふ》っているのが見えた。

俺《おれ》はかけ足で坂を下って出迎《でむか》えた。

文人《ふみと》と颯太《そうた》だった。二人とも、お祭りらしく甚平《じんべい》っぽいやつを着ていた。

「嵐《あらし》、おばさんから電話で聞いたよ。墓参《はかまい》りしてるって。大変だったな」

「他の友達は帰っちゃったけど、颯太《そうた》が手伝いに行こうって言うから来たよ。もう終わった？」

二人のそぼくな質問《しつもん》に、ギクッとしながら答えた。

「ああ……、今終わったとこ。すまんな、いきなり行けなくなって」

「そっかー。屋台のイカ焼きうまかったのに。あれ嵐《あらし》ぜったい好きな味だったぞ」

それから「あれがうまかった」「これはイマイチ」などと颯太《そうた》が語りだす。

俺《おれ》は、それとなく切り出した。

「文人《ふみと》も颯太《そうた》とかと一緒《いっしょ》だったんだな」

「うん。かれんちゃん、体調が悪いみたいで花火が始まる前にいなくなっちゃって。そしたら、会場で颯太《そうた》たちと会ったから合流したんだ」

俺《おれ》はまたもやギクッとした。

体調が悪い……っぽくは見えなかった。けどとにかく、都波《つなみ》は途中《とちゅう》で抜《ぬ》け出《だ》して、花火が見やすい高台のほうまで来たってことなんだろう。

俺《おれ》がそこにいたのは偶然《ぐうぜん》だけど……文人《ふみと》がこのことを知ったら、絶対《ぜったい》ショックを受けるだろう。

「かれんちゃんの紺色《こんいろ》の浴衣《ゆかた》、すっごい似合《にあ》っててきれいだったよ」

知ってる……なんて言えない。颯太《そうた》は「えー、俺《おれ》も見たかった」と文人《ふみと》ののろけに反応《はんのう》した。

そんなに都波《つなみ》のことを思ってるのか。短い思い出を語る文人《ふみと》の横顔が幸せそうで、なんか胸《むね》がズキズキする。

俺《おれ》はビーチサンダルで坂を下る二人のあとについていきながら、二人には聞こえないような小声でつぶやいた。

「……今日あったことは、なかったことにしよ」

8月1×日

ぞうりで走ったら、足の親指と人さし指の間が超痛《ちょういた》くなった。

#12

「っはよー、嵐《あらし》。宿題ちゃんとやってきた？」

どん、と颯太《そうた》にランドセルを背負《せお》った背中《せなか》を叩《たた》かれた。

今日は、二学期の初日だ。ぼんやり考えごとをしながら登校してきた俺《おれ》は、ビクッとしてしまった。

「あ……、ああ、いちおう……」

「うっそ、めずらしいこともあるもんだな。なんだよ、抜《ぬ》けがけ禁止《きんし》ー」

颯太《そうた》がブーブー文句《もんく》を言ってるけど、さくっと無視《むし》した。

小学校六年間で、俺《おれ》は初めて夏休みの宿題を全部休みの間に終わらせた。母ちゃんが呼《よ》び出《だ》されないようにするためだ。まぁ、計算問題は、文人《ふみと》に手伝ってもらった部分がちょっと（というかかなり）あるのは否《いな》めない。

今日は始業式がある。全校児童が体育館に集まって、校長先生の長いお話を聞いたり、夏休みの間にエラいことをした児童が表彰《ひょうしょう》されたりする、例のヤツだ。

朝の会のあと、クラスの全員が体育館に移動《いどう》するために廊下《ろうか》に集められた。まだ休みの気分が残ってるのか、みんなそわそわしてる。

そしたら、俺《おれ》といつも身長で抜《ぬ》きつ抜《ぬ》かれつのデッドヒートをしているやつが速攻《そっこう》で食ってかかってきた。

「嵐《あらし》、オレ、夏休みで結構背《けっこうせ》ぇ伸《の》びたんだけど。もうオレのほうがデカくない？」

うっせぇな、と思いつつ負けじと言い返した。

「何言っとるんじゃ。どう見てもお前のほうが小さいだろ。お前、何センチだよ」

「え～、一四〇センチ」

「ウソつくなや。どう見てもそんなにないわ」

ぎゃーぎゃー言ってもらちがあかないので、廊下《ろうか》のかべを背《せ》にして立ち、どっちが大きいかハッキリさせることにした。

「ほーら、オレのほうがちょっとデカいって」

「そうかぁ……？」

離《はな》れたところから見てみようと後ずさる。そのとき、後ろを通ったヒトとぶつかってしまった。

「あ、ごめ……」

……って都波《つなみ》‼

都波《つなみ》の顔を見るのは、もちろん花火のとき以来だ。

あのとき会ったことは誰《だれ》にも言わないで秘密《ひみつ》にして、なかったことにしようと心に決めてた。けど、本人がいると夏休みの前と同じようにはできなかった。どうしたって、顔に出る。

ふつうにしなきゃ。あせる俺《おれ》のことを、都波《つなみ》は表情《ひょうじょう》ひとつかえないまま見ると……

（……無視《むし》かよ！）

くるっと背《せ》を向けて列の後ろのほうに行ってしまった。

助《たす》かったっちゃあ助《たす》かったのかもしれないけど……、もうちょっとなんかリアクションあってもよくない？

たまにあるけどな。それまで全然仲良くなかった子と何かのきっかけで遊んで、そんときはばりばりに盛《も》り上《あ》がるんだけど、次の日からは何もなかったみたいに元どおりになるってこと。

さっきだって聞こえてないフリっていうより、あからさまに無視《むし》してたよな。まるで「話しかけないで」って言ってるみたいだった。ってことは、あいつも花火のときのことは、なかったことにしようと思ってるんだろう。

いや、いいんだけどね。俺《おれ》もそうだし……。

「反論《はんろん》ないならオレのほうが後ろってことでいいよな」

「え？　あ、ああ？」

他のこと考えているうちに、結局俺《おれ》がクラスで一番小さいってことで決まってしまった。

始業式の間も、校長先生のお話なんかが耳をすりぬけていく。

式が終わって、「起立」の号令がかかっても俺《おれ》だけ立ち上がるのが遅《おく》れちゃって、周りにクスクス笑われたりもした。

「嵐《あらし》はまだ夏休み気分が抜《ぬ》けてないなぁ……。もうすぐ中学生なんだから、しっかりしろよ」

移動中《いどうちゅう》に大声で先生に注意された。……って、みんなの前で言うことじゃなくね？

相変わらず俺《おれ》だけビミョーに怒《おこ》られやすいよなぁ……。なんでって、知らないけどさ。

俺《おれ》の二学期の始まりは、まぁまぁ納得《なっとく》いかんことだらけだった。

9月　×日

風が少し冷たくなってきた。

平日に、海を見ながらする読書は、少しだけ特別だ。

今頃《いまごろ》クラスのみんなは、私《わたし》が以前住んでいた場所にいるのだろう。

ゆっくり景色を楽しんでほしい。

きっと私《わたし》がいないほうが、気をつかわなくてすむから。

#13

「それでさ、嵐《あらし》がぶん投げた枕《まくら》がそのときちょうど見回りにきた先生にクリーンヒットして……」

「『それだけ元気なら、ちょっと手伝ってもらおうか』っつって、先生たちの肩《かた》もみとマッサージ一時間ぐらいやらされたんだぜ？　これ、ＰＴＡにバレたらえらいことになると思うんだけど」

俺《おれ》と颯太《そうた》の小話を、にこにこと笑いながら文人《ふみと》は聞いていた。

「あー、ホントに楽しそうだよねぇ。やっぱり僕《ぼく》も行きたかったなぁ」

俺《おれ》たちの学校では、六年生の修学旅行《しゅうがく》はだいたい毎年九月に行くと決まっている。

文人《ふみと》は体のことを考えて、修学旅行《しゅうがく》には行かなかった。お医者さんは「気をつければ行ってもいい」って言ってくれたみたいだけど、文人《ふみと》ママが「先生たちに気をつかわせるのも悪い」って、文人《ふみと》も「無理してまで行かなくていい」ってことになったみたいだ。

行ってない文人《ふみと》の前で修学旅行《しゅうがくりょこう》の話をするのってどうなのかな、って思ってたんだけど、むしろ文人《ふみと》は「もっと聞かせて」ってねだってくるから、俺《おれ》たちはちょっとおもしろおかしく話を盛《も》ったりして、聞かせている。

なんだかんだで楽しかった修学旅行《しゅうがくりょこう》。でもうちのクラスにも来なかったやつがいて……

「修学旅行《しゅうがくりょこう》、かれんちゃんも来なかったよなぁ」

どきっ。俺《おれ》もちょうど今そのこと考えてた。

「文人《ふみと》、なんでか聞いてる？」

颯太《そうた》が話を振《ふ》ると、文人《ふみと》は「この前図書室で会ったんだけど」と前置きしてから言った。

「そんなにくわしくは聞いてないけど、『前の学校で行ったからいい』ってことらしいよ」

「えーっ？　別に二回行ったっていいのになぁ」

正直、あいつが来ないって知ったときには俺《おれ》もちょっとがっかりした。

でも、あくまでそれは、クラスの一員として、団結力《だんけつりょく》を高める手段《しゅだん》としてちょうどいいのと、あとは他の男子とかがあいつが来ることを楽しみにウキウキしてたからだ。

決して俺《おれ》が個人的《こじんてき》に楽しみにしてたとか、そういうわけでは、ない！

自分自身に言い聞かせていると、文人《ふみと》がいったん立ち止まって俺《おれ》のことを振《ふ》り返った。

「そういえば、嵐《あらし》、今日は帰っちゃっていいの？」

「は？」

「うちのクラスの芽明里《メアリ》ちゃんは陸上大会の選手に選ばれたから、放課後ミーティングに呼《よ》ばれてたけど……」

嵐《あらし》も陸上大会出るよね、と目で言ってる。

「あーっ！！！！」

俺《おれ》は大声を出すと、文人《ふみと》のランドセルを颯太《そうた》に押《お》しつけて、学校に向かって全速力で走り出した。

＊＊＊

（やっべぇ、すっかり忘《わす》れてた！）

今日ミーティングに出なかったら代表選手取り消し、なんてことにはならないだろうけど、とにかく急がないと。

「陸上大会」ってのは、県南部の市や町にある小学校から選ばれた四年生から六年生の代表選手が、短距離《たんきょり》、長距離《ちょうきょり》、跳躍《ちょうやく》（幅跳《はばと》び、高跳《たかと》び）で記録をきそいあう。そこで記録が特によかった選手はその上の県大会に行ける……まぁ、どこの地域《ちいき》でもよくやってる感じの、例のヤツだ。

うちの学校の場合、出られるのは学年でも男女あわせて七、八人。陸上部なんてのはないから、体育の授業《じゅぎょう》で良い成績《せいせき》だったやつの中から選ばれる。自慢《じまん》じゃないけど、俺《おれ》は四年生の頃《ころ》から、毎年短距離《たんきょり》の種目で選ばれてる。

そんで、昨日先生から「そろそろ陸上大会の練習始めるからな。明日、放課後に四年生の教室に集合」って言われてたんだけど……そんなの、俺《おれ》が覚えてられるわけがない。

(っつうか、俺《おれ》のクラスで他に出るやついないのかよ)

いたら「今日ミーティングだよ」って教えてくれそうなもんだけど。ああ、でも長距離《ちょうきょり》とか跳躍《ちょうやく》は、得意な男子はとなりのクラスだっけ。

学校についてもスピードをゆるめずに、階段《かいだん》をかけのぼって四年生の教室に向かった。

こっそりと教室の後ろのドアをあける。監督《かんとく》になった五年生の担任の山田《やまだ》先生が、これからの日程《にってい》とかについて説明してる。

俺《おれ》はばれないよう、頭をひくくしてそーっとあいてる席まで抜《ぬ》き足差《あし》し足……

「基本《きほん》は、放課後グラウンドに集まって十七時まで練習。雨の日は体育館で……あっ!」

先生が大声を出したので思わずビクッとなって動きを止めた。おそるおそる先生のほうを見ると、真っ黒に日焼けした顔をぴくぴくとひきつらせながら俺《おれ》のことを見てた。

「ようやくこれで全員そろったか……。なんで毎年のことなのに忘《わす》れるんだよ」

俺《おれ》のほうに注目が集まり、教室中で笑いが起きる。俺《おれ》は「すみません」と口だけで謝《あやま》りながら、一番後ろの席にどさっと座《すわ》った。

となりにいた長い髪《かみ》の女子が口元を押《お》さえながらこちらを見た。みんなと一緒《いっしょ》に笑おうか、それとも我慢《がまん》しようか、迷ってるような顔で。

……都波《つなみ》、お前が女子の代表だったのかよ。そりゃ俺《おれ》に声かけないわけだわ（納得《なっとく》）。

＊＊＊

「柔軟体操《じゅうなんたいそう》やっとかないとケガするからな。きちんとやるんだぞー」

山田《やまだ》先生のでかい声がグラウンドにひびき渡《わた》る。大学生の頃《ころ》までずっと陸上をやっていたらしくて、指導《しどう》も結構本格的《けっこうほんかくてき》だ。

俺《おれ》が今年エントリーする種目は、百メートル走と、学校対抗《たいこう》リレーのふたつだ。

学校対抗《たいこう》リレーは陸上大会の最終種目で、毎年一番盛《も》り上《あ》がるのだ。四年生から六年生まで、男女一人ずつ、計六人の代表選手がバトンをつないでいく。俺《おれ》は四年のときからこのメンバーに選ばれていて、今年はついにアンカーの役目を言《い》い渡《わた》された。

特に去年は最大のライバルである二《に》の丸小《まるしょう》に、ゴール手前で追《お》い抜《ぬ》かれて負けているから、今年は何としてでも勝ちたい。

だけど――

「新しいメンバーは、四年の二人と――六年の都波《つなみ》か。あとは去年もやってるけど、みんな一致団結《いっちだんけつ》してがんばろうな」

はい、と集められたメンバーが返事をした。俺《おれ》はちらりと同学年の女子代表の、ジャージを着た細い体を見た。

六年女子の代表は、都波《つなみ》かれんだ。足が速いっぽいのは一緒《いっしょ》に体育やってたから知ってたけど、リレーの選手に選ばれるまでとは。

そういえば、一番最初に寺で会ったとき、逃《に》げ出《だ》した都波《つなみ》に追い付けなかったもんなぁ――

「末永《すえなが》くん、聞いてる？」

不機嫌《ふきげん》そうな声がして顔を上げた。髪《かみ》の毛《け》をポニーテールにした都波《つなみ》が、俺《おれ》のことをじぃっと見てた。

「あ？　ああ……」

「『ハイ』って言ったら渡《わた》すから。手、出してね」

リレーでは四年女子→男子→五年女子→男子→六年女子→男子の順番でバトンをつないでいくから、当然俺《おれ》は都波《つなみ》からバトンを受けることになる。

都波《つなみ》は、口数こそ少ないものの、さっきからものすごくまじめに練習に打ち込《うこ》んでる。「べつにうちの学校が勝とうが負けようが興味《きょうみ》ないし」とか言いそうだと思ってたから、ちょっと意外だ。

まぁ、俺《おれ》としては一生懸命《いっしょうけんめい》やってもらうことにはなんの文句《もんく》もないんだけど……

「……まだやるの？」

「だってうっかりバトン落としでもしたら嫌《いや》じゃん。私《わたし》は受けるほうも練習しなきゃいけないから時間ないんだよ。ほら、もう一回やるよ」

涼《すず》しい顔でそうおっしゃって、俺《おれ》にビシバシと指示《しじ》をしてくる。

「前向いてていいから。いちいちこっち見てると加速できないよ」とか「走り出すタイミングが一瞬遅《いっしゅんおそ》い」とか。

めんどくせぇな、と思ったけどくりかえしてるうちに、だんだん息が合ってきた。

「ハイッ！」

後ろに出した手に、吸《す》い付《つ》くようにバトンが渡《わた》された。

軽く走《はし》り抜《ぬ》けたあと、俺《おれ》はうきうきとバトンを持って都波《つなみ》のところに戻《もど》った。

「今のタイミング完璧《かんぺき》だったよな」

言ったあと俺《おれ》はちょっと「しまった」と思った。

……ホントは、都波《つなみ》とあんまりしゃべったりしないほうが、文人《ふみと》も安心するんだろう。でも今のは練習で仕方なく……だし、もしバレても許《ゆる》してもらえるだろう。うん。

すると都波《つなみ》はこともなげに言ってみせた。

「まぁ、80点ぐらいだったね。また明日もやるから、言ったこと、忘《わす》れないでね」

お、おう……。結構《けっこう》きびしいな。明日もまたシゴかれるのかと思うと、なんか心も体もぐったりしてきた。

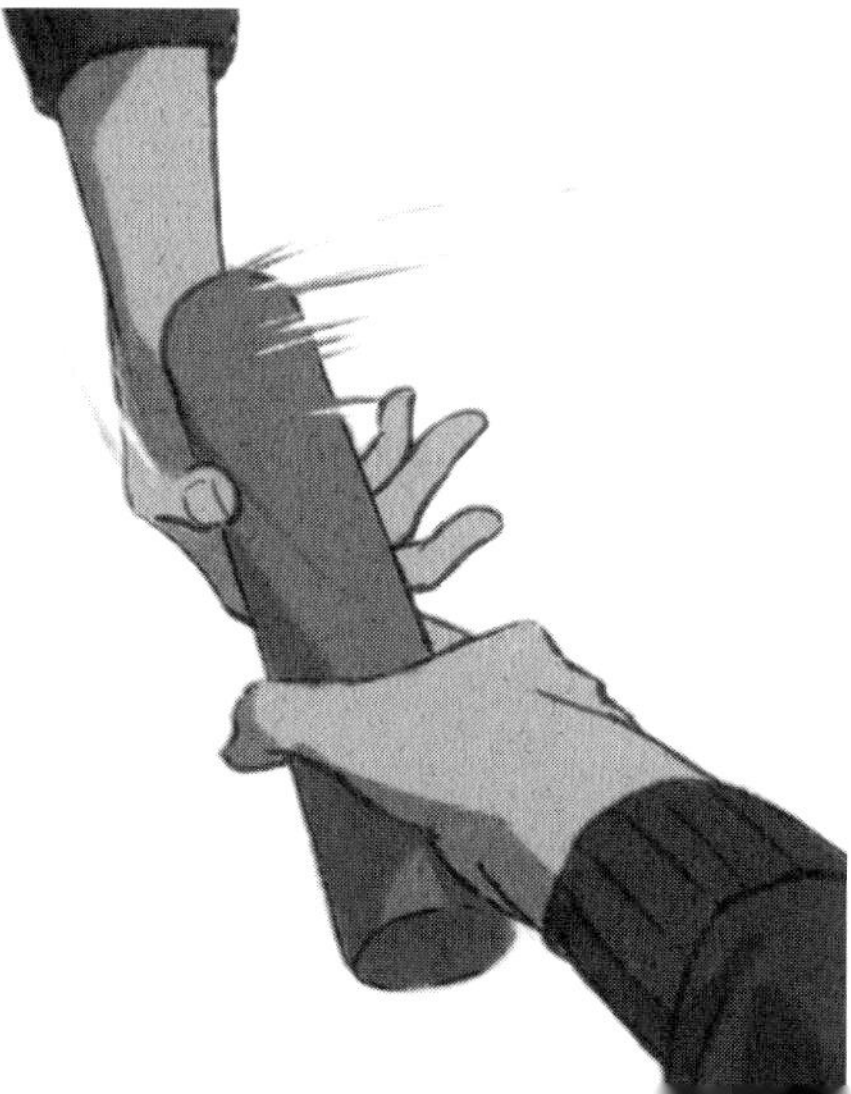

でもちょっと、都波《つなみ》はうれしそう……かな？　なんとなくだけど、目が笑ってる気がする。

練習が終わったら、トレーニングに使った道具の後片付《あとかたづ》けだ。

最初は六年男子が片付《かたづ》け担当《たんとう》……ってことで、高跳《たかと》びと幅跳《はばと》びのやつがマットとバーを片付《かたづ》けて、俺《おれ》がクラウチングスタートに使う台を体育館倉庫まで持っていった。

倉庫の中には今まで体育では使ったことのないような道具がいっぱいあった。

（これ、いつ使うんだろう）

誰《だれ》も見てないからいいか、とバランスボールの上に乗ってみる。

そしたら、倉庫の外から「先生！」とせっぱつまった感じの女子の声が聞こえた。

「なんで、今年は私《わたし》がリレーの選手じゃないんですか!?」

この声は……となりのクラスの芽明里《メアリ》だ。

芽明里《メアリ》はとなりのクラス（文人《ふみと》と一緒《いっしょ》）で、去年までリレーの選手に選ばれてた女子だ。負けん気が強くて、去年のリレーでおしくも負けたことを、誰《だれ》よりも悔《くや》しがり、リベンジに燃《も》えていた一人だ。

「ああ、うん」と歯切れ悪く答えてるのは、監督《かんとく》の山田《やまだ》先生だ。

山田《やまだ》先生は歯切れ悪く答えた。

「いや、芽明里《メアリ》には今年、高跳《たかと》びの記録とってほしいからさ。そっちの練習に集中してほしくて」

「でも私《わたし》……、二の丸小の子に、『来年も一緒《いっしょ》にリレーで勝負しようね』って誓《ちか》ったんです！　それなのに、あの子、転校してきてまだそんなにたってないですよね？　友達も全然いないって、となりのクラスの子が言ってました。そんな子に任《まか》せられません。リレーはチームワークが必要だって、先生よく言ってたじゃないですか！」

芽明里《メアリ》のやつ、悔《くや》しいのはわかるけど、決まったことなんだからうだうだ言ったってしょうがないだろうが。

先生も早くバシッと言えばいいのに。「お前のほうが遅《おそ》いんだもん」って。

もちろんそんなこと口に出すはずもなく、先生はつらつらと言《い》い訳《わけ》を並《なら》べ立《た》てる。

「それは、公平に体育の時間で百メートルやったときのタイムで選んだし、チームワークだってこれから……って、でっ‼」

先生の背中《せなか》に、俺《おれ》がうっかり手をすべらせたバランスボール（でかくて軽いのであたっても安心）がクリーンヒット。

先生は顔を赤くして「誰《だれ》だ！　バランスボールで遊んでるのは！」と怒《いか》りだした。

「すみませーん。ちょっと体幹《たいかん》きたえてたら、突風《とっぷう》が吹《ふ》きました！」

「やっぱお前か、嵐《あらし》！　風なんか吹《ふ》いてなかっただろ！　……とにかく、芽明里《メアリ》は高跳《たかと》びの練習がんばってくれ。リレーの補欠《ほけつ》選手として登録しとくから」

「でも……」

「リベンジのことなら嵐《あらし》に任《まか》せておけ。大丈夫《だいじょうぶ》！　今年はアンカーをつとめるこの嵐《あらし》くんが、必ず一位でゴールテープを切ってくれるから、な！」

先生にがしっと肩《かた》をつかまれる。指がくい込《こ》むほど強いのは、さっきの仕返しかもしれない。

……しれっと大変な役わり押《お》しつけんなよ、熱血教師《きょうし》。

10月　×日

走るときのコツ

・前を見て太ももを高く上げること
・つま先を意識《いしき》して
・カーブで転ばないよう、軸足《じくあし》をしっかり

バトンパスのおさらい
・同じ歩数で渡《わた》すこと
・しっかり相手に押《お》しつけること

#14

じじじじじ、と目覚まし時計のでっかい音で目がさめた。時計がしめしてるのは朝の五時ってかなり早い時間。

いつもだったら二度寝《にどね》をしてるだろうけど、今日は眠気《ねむけ》なんて全然ない。

陸上競技《きょうぎ》大会の日が来た。母ちゃんは俺《おれ》よりも早く起きて、台所で弁当《べんとう》を作ってた。って、これ、弁当《べんとう》っていうより……

「こんなにいる？」

三段《だん》がさねの四角いお弁当箱《べんとうばこ》に、卵焼《たまごや》きやからあげ、手まり寿司《ずし》なんかがぎっしりつまってる。いわゆる重箱じゃん。

母ちゃんはエプロン姿《すがた》で腕《うで》まくりをして、俺《おれ》の横に立った。

「そりゃーね。今日はおばさんとかおじいちゃんおばあちゃんも応援《おうえん》に来るからね！嵐《あらし》、がんばんなさいよ！」

どん、と背中《せなか》を押《お》される。おお、そんな大勢《おおぜい》で来るのか。そりゃいいとこ見せないとな。

俺《おれ》の好きなじゃこ天が、あげたてで重箱に入ってた。こっそりつまんだら母ちゃんにはバレてたみたいだけど「今日だけは許《ゆる》してやるか」って見逃《みのが》してもらえた。

「ありがと、母ちゃん。俺《おれ》、絶対《ぜったい》負けんから」

「その言葉信じて、期待してるわよ！　てっぺんとって、表彰台《ひょうしょうだい》のぼっておいで！」

去年も大会出てるからわかるんだけど「表彰台《ひょうしょうだい》なんてないよ」とツッコむと、母ちゃんは「あれ、そうだったっけ？　つまんないわね」としれっと言って笑った。

＊＊＊

「嵐《あらし》くん！　あともう少しがんばって！」

「末永《すえなが》！　最後まで気を抜《ぬ》くな！」

聞こえた、と思ったらすぐゴールラインをかけぬけていた。

六年男子の百メートル走の予選が終わり、同じ学校の選手が固まってる待機列に向かうと、「十四秒台だって」「決勝確実《かくじつ》だね」と髪《かみ》をぐしゃぐしゃとかきまわされたり、みんなからちょっと乱暴《らんぼう》にお祝いされた。

今日は、四国全体で、晴れ。俺《おれ》たちのいる競技場《きょうぎじょう》の上にも澄《す》んだ青空が広がっていて、涼《すず》しい秋の風が吹《ふ》いている。

自分の出番じゃないときも、下級生の応援《おうえん》をしたり、柔軟《じゅうなん》をてつだったり、結構《けっこう》いそがしい。今年は四年も五年も調子よくて、ほとんどの種目で決勝に進むことになった。

そんなふうにさくさく競技《きょうぎ》は進んで、午前の部が終わった。

お昼は応援《おうえん》に来てる家族と一緒《いっしょ》に食べていいことになってる。俺《おれ》は、母ちゃんとリカおばさん、じいちゃん、ばあちゃん、それに颯太《そうた》と文人《ふみと》が家族ぐるみで応援《おうえん》に来てくれていたから、みんなのもとに走って向かう。

すでに重箱は広げられていて、おかずもめぼしいやつはほとんど食べられていた。

……でもじゃこ天はとってある。よかった。

「嵐《あらし》ぃ、お前くいすぎんなよ。体重くなって足遅《おそ》くなるだろ」

「颯太《そうた》に言われなくてもわかっとるよ。でも腹《はら》へっとんじゃ。しかたなかろーが」

「午後は百メートル走の決勝とリレーだね。がんばってね」

「おお、文人《ふみと》の分までやってやらぁ」

自分ちの弁当《べんとう》と颯太《そうた》、文人《ふみと》の母ちゃんたちの手作り弁当《べんとう》をもぐもぐと食べる。

「僕《ぼく》、女子の百メートル走も見てたんだけど、かれんちゃんも下級生もそうとういい線いってたね。他の学校も速い子結構《けっこう》いるけど、いっつも一番か二番なのうちの学校の選手ぐらいだよ。だから、最後のリレーいけるかもしれないよ」

文人《ふみと》は体育の授業《じゅぎょう》をほとんど見学している。言ってみれば見学のプロだから、選手のコンディションなどの分析《ぶんせき》がすごく得意だ。そんな文人《ふみと》に「いける」なんて言われると、優勝《ゆうしょう》できる気がしてくる。

颯太《そうた》がみかんゼリーを食べながら言った。

「へー、かれんちゃん、やっぱすげーな。そういや、さっきなんか、きれいなヒトと一緒《いっしょ》にいたな。お母さんかなぁ。よく似《に》てたし」

「うん。僕《ぼく》が嵐《あらし》のこと応援《おうえん》してたらあの人に『あなたも大橋小《おおはししょう》?』って聞かれたから、たぶんそうだと思うよ」

げふっ、と口に入れていたじゃこ天をふき出しかけた。

その反応《はんのう》を、颯太《そうた》が目ざとく見つけて、ニヤニヤしながら聞いてきた。

「嵐《あらし》もやっぱ気になる？」

「ならんわ、そんなオバさん」

「でも最近嵐《あらし》変わったって、うわさでもちきりだよ？　なんでもリレーの練習えらいまじめにやってて、先生もびっくりしてたって。今までの嵐《あらし》じゃありえなくない？」

なんだよそのうわさ。いい加減なことばっか言いやがって。俺《おれ》はムカッとしながら答えた。

「そんなの、最後の大会だからに決まっとるやろ」

「いや、ちがうね。かれんちゃんと一緒《いっしょ》に練習できたからだろ。そりゃ真剣《しんけん》にやるよな」

「おっ……、お前と一緒《いっしょ》にすんな、バカッ！」

文人《ふみと》もいるのに変なこと言うなよ。ぜんっぜん、そんな気はないけど……。

ちらっと文人《ふみと》を見ると、お弁当《べんとう》に苦手なものでも入ってたのか、ちょっと変な顔をしていた。

「あらまぁ、真っ赤になっちゃって、かわいー嵐《あらし》くん」

（うっせー！　そしてうぜー！）

これ以上颯太《そうた》としゃべってるとキレそうだったので、「俺《おれ》、ちょっと早めに体あっためてくる」って言ってその場を離《はな》れた。

……さっき颯太《そうた》が言ってたことなんて、信じなくていいからな、文人《ふみと》。

＊＊＊

「嵐《あらし》、すごいな。自己《じこ》ベスト更新《こうしん》か？」

「えっ、マジですか？　自分じゃ覚えてないんですけど……」

俺《おれ》は百メートル走の決勝で三位に入賞した。予選のタイムよりも記録がいい。プレッシャーもいろいろあったけど、かえってそれぐらいのほうがよく走れるのかも。

それで、次の種目はいよいよ最後。学校対抗《たいこう》リレーだ。

「先生、私《わたし》……、また緊張《きんちょう》してきちゃった……」

「ぼくも……」

「大丈夫《だいじょうぶ》。今年は史上最強チームだからな。二《に》の丸小《まるしょう》も強いけど、いつもの力が出せれば勝てるぞ！」

先生が下級生たちとそんなふうにしゃべってる。輪の中に加わってないのは……

「か、都波《つなみ》……」

柔軟《じゅうなん》をしているところに声をかけると、無言で顔を向けられた。

「あ……、あの、がんばろうな」

無視《むし》されるかと思いきや、都波《つなみ》は俺《おれ》の目を見てしっかりと「うん」と頷《うなず》いた。

「二《に》の丸小《まるしょう》の子、午前の百メートル走で一つ前の組だったけど、最後のほうは力が残ってなかったみたいだから、そこで一気に差をつける」

しっかり対策《たいさく》も立ててたので、俺《おれ》はびっくりした。

「あと、バトンパス、何があっても後ろ向かないで。絶対《ぜったい》ちゃんと渡《わた》すから」

「何があってもって……」

「絶対《ぜったい》だよ。コンマ何秒の勝負になるかもしれないから」

強い語気に押《お》されて、俺《おれ》は「うん」と返すしかなかった。

……こいつ、意外と負《ま》けず嫌《ぎら》いなのかもな。

＊＊＊

四年の女子が、緊張《きんちょう》した顔で一列に並《なら》んでいる。それを見守るみたいに、競技場《きょうぎじょう》も静まり返っている。

「位置について……、よーい……」

ぱぁん、と乾《かわ》いた音がグラウンド中にひびいて、一列に並《なら》んでいた四年生の女子がいっせいにスタートした。急に周りがどっとわいた。

「がんばれ、いいぞ！」

「あきらめるな！　まだまだ！」

いろんな声援《せいえん》がまざって、選手たちの背中《せなか》を押《お》す。

序盤《じょばん》の四年のリレーでは一番弱いと言われていた山中小《やまなかしょう》がまさかの大健闘《だいけんとう》。一着で五年の女子にバトンが渡《わた》った。

だがそこからは我《わ》が大橋小《おおはししょう》がすぐに追い上げて一位。ライバルの二《に》の丸小《まるしょう》も負けじと追いついて、五年男子に渡《わた》ったのはほぼ同時だった。

「いけー！　追《お》い抜《ぬ》け！」

各校の選手たちへの応援《おうえん》が、グラウンドいっぱいにこだまする。

抜《ぬ》きつ抜《ぬ》かれつのデッドヒートだ。二《に》の丸小《まるしょう》に遅《おく》れることわずか二歩。女子のアンカーである都波《つなみ》かれんが走り出した。

(よしっ!)

完璧《かんぺき》なバトンパス。都波《つなみ》は大橋小《おおはししょう》の青いバトンを握《にぎ》りしめ、突風《とっぷう》のように飛び出した。

「大橋《おおはし》、がんばれー!」

トップ二人の差はほとんどない。どくどく、俺《おれ》の心臓《しんぞう》も大きく鳴ってる。

(あいつ、すごいな)

重力なんか、感じてないみたいな軽《かろ》やかな走り。まだ走り出して何秒もたってない。そんな短い時間なのに、強烈《きょうれつ》に印象に残る「風」みたいだ。

都波《つなみ》はコーナーでもまったくスピードを落とすことがない。反対に、トップの二《に》の丸小《まるしょう》の選手《せんしゅ》が少しくたびれてきた。

都波《つなみ》が外側から一気に追《お》い抜《ぬ》こうとした。

そのときだ。

「あっ!!」

#15

二《に》の丸小《まるしょう》の選手が、コーナーアウト側に少し膨《ふく》らんだ。俺《おれ》の見まちがいかもしれないけど――わざとみたいにも見えた。

都波《つなみ》はとっさに避《さ》けようとした。だけどはずみで足が引っかかった。こらえろ、と声に出そうとしたときにはもう遅《おそ》かった。都波《つなみ》の長い脚《あし》がぐにゃっと曲がって膝《ひざ》がついた。そして体操服《たいそうふく》がグラウンドについて、大橋小《おおはししょう》の青いバトンはころころとコース上に転がった。

「あー……」

どよめきが会場内にひびき渡《わた》った。大橋小《おおはししょう》の応援席《おうえんせき》のほうからは悲鳴みたいなのまで聞こえた。俺《おれ》もへその上あたりがキュッと痛《いた》くなった。がっかりとあせり、そんなのが一気に押《お》し寄《よ》せてきた。

すっ転んだままの都波《つなみ》の横を、他のチームがつぎつぎに追《お》い越《こ》していく。優勝《ゆうしょう》がどんどん遠ざかる。それでも――

「都波《つなみ》、がんばれ！　早く来い！」

ざわめきの中、俺《おれ》の声が届《とど》くかわからない。でも、都波《つなみ》はその言葉に反応《はんのう》したみたいだった。

「俺《おれ》がなんとかする！　早く！」

膝《ひざ》とゼッケンに土をいっぱいつけたまま、バトンを再《ふたた》びつかんで、都波《つなみ》が立ち上がった。

もうライン上には誰《だれ》も残っていない。俺《おれ》が一番最後のランナーだ。

くやしそうな顔の都波《つなみ》が最後の直線に入った。俺《おれ》は前を向いて走り出した。

「はい！」

都波《つなみ》の声がして、振《ふ》り返《かえ》らずに腕《うで》を後ろに伸《の》ばす。手のひらをバシッとバトンが叩《たた》いた。

バトンを握《にぎ》りしめ、走り出す。二《に》の丸小《まるしょう》の選手ははるか先だ。でもアンカーはこれまでの選手の倍、二百メートル走ることになっているから、どうなるかまだわからない。

一人目の背中《せなか》をとらえた。俺《おれ》のほうが速い。あっさり抜《ぬ》き去《さ》った。

二人目、三人目は同時に抜《ぬ》いた。がんばってるみたいだけどな、俺《おれ》にはかなわない。

どんどんスピードに乗っていく。がんばれ、あと一人だ。

トップとの差は少しずつ縮《ちぢ》まっている。だけど距離《きょり》がたりない。それでもなにがあっても一位にならないと。じゃないと……

息が苦しくなる。会場中の声援《せいえん》も聞こえなくなる。一瞬《いっしゅん》、二《に》の丸小《まるしょう》の選手が後ろを振《ふ》り返《かえ》った。

俺《おれ》のことを見て、そいつはおびえた顔をして、体が少しだけフラついたみたいにかたむいた。

（いける！）

そう思った瞬間《しゅんかん》、ゴールテープが切られた。俺《おれ》の胴体《どうたい》には、すでに切られたあとのテープが、ひらひらとまきつくだけだった。

そのあとのことは、ボーッとしててよく覚えてない。

都波《つなみ》は「転んでケガしたところの治療《ちりょう》」って言って、帰りのミーティングには出てなかった。

一緒《いっしょ》に練習してきた仲間とは、県大会《けんたいかい》に出るやつをのぞいて今日で解散《かいさん》になるんだけど……誰《だれ》も喜んでなかったし、みんな気まずそうな顔をしていたことしか記憶《きおく》にない。

「嵐《あらし》、よくやった。けど……リレーは残念だったな」

山田《やまだ》先生がなぐさめてくれた。

くやしいだろ、とも言われた。たしかに、そういう気持ちもなくはない。

だけど俺《おれ》は自分の力を出し切ったし……自分のことよりずっと気になってることがあって、「ええ……、まぁ……」とふてくされてるみたいな返事しかできなかった。

10月1×日

つかれた。

もう、何も考えたくない。

＊＊＊

次の日。

全校生徒が集められた朝礼で、校長先生の長い話のあと、陸上大会の結果報告《ほうこく》があった。

「えー、残念ながら総合《そうごう》リレーでは二《に》の丸小《まるしょう》におしくも負けてしまい……」

……負けたことなんて強調しなくていいのに。都波《つなみ》がどんな顔をしているのか気になったけど、あいにく前から二番目に並《なら》んでいる俺《おれ》からは、後ろに並《なら》んでいる女子のほうまでは見えなかった。

午前中の授業《じゅぎょう》と給食の時間が終わって、昼休みになる。

あいにく外は雨。いつもはグラウンドで遊んでるやつらも、今日は教室でだらだらと時間をつぶしていた。

そんじゃ文人《ふみと》の様子でも見にいくか、ととなりのクラスに顔を出すと、どこに行ったのか文人《ふみと》は不在《ふざい》。

「文人《ふみと》くんなら図書室に行っちゃったよ」

さんきゅ、と教えてくれた女子にお礼を言って、図書室に向かう。

いつもはガラガラ（らしい。俺《おれ》はあんまり行かないから知らない）の図書室も、今日はみんなやることがないからなのか、いろんな学年のやつがたくさんいた。……隅《すみ》っこには、分厚《ぶあつ》い本を選んでる都波《つなみ》もいた。

俺《おれ》は並《なら》んでいる本には一切《いっさい》目もくれず、文人《ふみと》をさがした。文人《ふみと》は真ん中の机《つくえ》で本を読んでいた。

「おーい、文人《ふみと》。遊びに来たぞ」

「遊びにって……。静かにするところだよ、ここ」

苦笑いする文人《ふみと》のとなりに座《すわ》ると、ひそひそとした話し声が聞こえた。

「ねぇねぇ、昨日のリレーって、都波《つなみ》さんが転んで一位になれなかったってホント？」

「ホント。コーナーで急にすっ転んでさ。それまでトップ争ってたのに、そこで全員に追《お》い抜《ぬ》かれちゃった」

ぎくっとして、会話の聞こえるほうを見る。となりのクラスの女子たち……中心にいるのは芽明里《メアリ》だった。

「へー、じゃあ優勝《ゆうしょう》できなかったの、都波《つなみ》さんのせいなんだね」

そのおしゃべりは、静かな図書室の中ではやけにひびいた。

都波《つなみ》だってここにいるのに……。聞こえてもいいと思って話しているんだろうか。

都波《つなみ》に対する悪口は、さらに続いた。

「あの子じゃなくて、今までどおり芽明里《メアリ》のこと出しておけばよかったのにね。なんであの子が選ばれたんだろう」

「わかんない。でも山田《やまだ》先生ってすごいえこひいきするじゃん。なんか、先生に気に入られるようなことしたんじゃない?」

そう言ったのは芽明里《メアリ》だった。

こいつ……ウソばっかり言いやがって。ヒトのせいにするのもいいかげんにしろよ。

気がつけば俺《おれ》は、文人《ふみと》が止めるのも聞かず、女子たちに割《わ》って入っていた。

「んなわけ、あるか!」

#16

俺《おれ》の大声に、図書室の中が静まり返った。みんなが見てる。だから何だっていうんだ。

「都波《つなみ》が選ばれたのは速いからに決まってるだろ！　ていうか、都波《つなみ》がわざところんだわけじゃないって見てればわかるし、責《せ》めるのはおかしいだろ！」

なるべく冷静に言おうとしたけど、最後のほうはやっぱり怒《いか》りがおさえられなかった。

女子たちは一瞬《いっしゅん》しゅんとしたように見えたけど、芽明里《メアリ》の取りまきの一人が急にくってかかってきた。

「でもさ、嵐《あらし》くんだって都波《つなみ》さんのこと嫌《きら》いだったんでしょ？　なんでかばうわけ？　変じゃない？」

痛《いた》いところをつかれて、俺《おれ》もギクッとなった。

「き、嫌《きら》いとかカンケーないわ。あいつは一生懸命《いっしょうけんめい》、練習してたし。そもそも、転んだのだって、二《に》の丸小《まるしょう》の女がいきなり前に出てきたからだぞ」

「え、そうなの？」女子の一人がたずねる。

「知らない。私《わたし》のところからはよく見えなかったし」と、芽明里《メアリ》。

そう言われてしまうと何も言い返せない。

だまっていると、芽明里《メアリ》とその取りまきは急に調子に乗り出した。

「ってかさぁ、ホントは嵐《あらし》くんだって、あの子のせいだと思ってるんでしょ」

「はぁ⁉」

「せっかく俺《おれ》が一番でゴールできそうだったのに……って」

そんな事、言った覚《おぼ》えもないし、もちろん考えた事もない。

（ふざけんなよ）

勝手なことばっかり言いやがって。俺《おれ》はとうとうブチ切れた。

「うるせぇ！　都波《つなみ》だってリレーチームの仲間なんだよ！」

芽明里《メアリ》がビクッとふるえ上がった。

「文句《もんく》があるならお前が選手に選ばれるくらい、練習すればよかっただろ！　できんやつが悪口ばっか一人前《いちにんまえ》に言うなや！」

そこまで言うと、芽明里《メアリ》の目に涙《なみだ》がにじんだ。

それからすぐに、ひっくひっくとぐずりだす。

……泣いたってムダだからな。自分だって都波《つなみ》の悪口がんがん言ってたくせに。

自分が言われたら泣くとか意味わかんねぇ。

そのとき、がたん、と音がして俺《おれ》の後ろで誰《だれ》かが席を立った。

振《ふ》り向《む》くと、それまでだまっていた都波《つなみ》だった。都波《つなみ》は下を向いたまま、急ぎ足で図書室から出ていってしまった。

「お、おい」

あとを追って図書室を出る。都波《つなみ》は階段《かいだん》のほうへ小走りで向かっていた。

「都波《つなみ》、待てよ!」

呼《よ》び止《と》めるけど全然止まる気配がない。

どこに行ったんだろう、と姿《すがた》を探《さが》す。都波《つなみ》は音楽室の前で座《すわ》り込《こ》んで、腕《うで》の中に顔をうずめていた。

さっきひどいことを言われたから泣いてるのかもしれない。「都波《つなみ》」と呼《よ》びかけると、都波《つなみ》はぴく、と肩《かた》を動かして反応《はんのう》した。

どうしてこうなっちゃったんだろう。都波《つなみ》は全然、悪いことしてないのに。あんないい加減《かげん》なこと言いふらして……ホントにひどいやつらだ。

こんな都波《つなみ》を見るのは初めてで、どうなぐさめたらいいのかわからない。でも、何か言わなければ……と一歩踏《ふ》み出《だ》して話しかける。

「あ、あのさ……」

「よけいなこと、しないでよ‼」

#17

都波《つなみ》の声が誰《だれ》もいないろうかにひびき渡《わた》った。俺《おれ》は、一瞬《いっしゅん》何を言われたかわからなくて、ただあんぐりするだけだった。

「……よけいなことってなんだよ」

意地でそれだけ聞き返すと、都波《つなみ》は座《すわ》り込《こ》んだまま、顔だけ上げてキツい目つきで俺《おれ》をにらみつけた。

「さっきのことだよ。私《わたし》、かばってほしいなんて言ってないじゃん！」

どうやら俺《おれ》のしたことに腹《はら》を立ててるらしい。

でも、俺《おれ》だってまちがったことはしてないはずだ。負けじと言い返した。

「『かばってほしい』って言わなきゃ、助けちゃダメなわけ？　そんなのおかしいだろ」

「勝手に出しゃばってきたくせに、お説教《せっきょう》しないでよ！　末永《すえなが》くんには、関係ないことでしょ！」

すぐに言葉が出てこなかった。けど、なんとか食い下がる。

「関係はあるだろ。ほら、同じチームだし……」

「チームって、ちょっと一緒《いっしょ》に練習しただけじゃない！　たかが地域《ちいき》の大会でしょ。勝ったところで何になるのよ」

「たかが」って……俺《おれ》、結構団結《けっこうだんけつ》してたと思ってたし、都波《つなみ》だってがんばってたんじゃないのかよ。

俺《おれ》の気持ちを見透《みす》かしたみたいに都波《つなみ》は言った。

「芽明里《メアリ》ちゃんの言うとおりだよ。私《わたし》じゃなくて芽明里《メアリ》ちゃんが出ればよかったんだよ。私《わたし》、最初からリレーなんかやりたくなかったのに」

（そんな……）

足元がぐらっとゆれたみたいに感じた。

『まぁ、80点くらいだったね』

『そこで一気に差をつける』

練習のときも本番の前も、あんなふうに言ってたのに。都波《つなみ》だって、いつもより生き生きしてるみたいに見えたのに。

転んだときだって、最後俺《おれ》にバトンを渡《わた》すまで全力で走ってたのは、あきらめたくなかったからだと思ってたのに。

全部、俺《おれ》の思いちがいだったんだ。

じくじくと頭の後ろが痛《いた》くなってくる。なんて言うんだろう。

ああ、いたたまれない、だ。この気持ち。

「用がないなら、もう行ってよ。こっち来ないで！　こんな学校、大《だい》っ嫌《きら》い！」

かわいそうだと思ってたけど、全然そんなことなかった。こいつの言うとおり、ほうっておけばよかった。

俺《おれ》だけじゃなくて、学校のみんなのことまでけなして。

こんなやつ、悪く言われて当然だ。俺《おれ》、ホントにバッカみてぇ。

「お前のためじゃねぇよ！　うぬぼれんなクズ！」

大声で言うと、ビクッと都波《つなみ》の顔がゆがんだ。

言いすぎだったかもしれない。けどこれ以上はどうしていいかわかんなくて、俺《おれ》はそこから走り去った。

（くそ……っ！　ふざけんなよ！）

階段《かいだん》を降《お》りようとしたとき、おれたちを探《さが》しにきたらしい文人《ふみと》と、なぜか梨乃《りの》に会った。

「今、大声が聞こえたけど……。なんかあったの？」

文人《ふみと》が不安そうに言うと、梨乃《りの》もオロオロしながら聞いてきた。

「芽明里《メアリ》とかが変なこと言ってたみたいだけど、かれんちゃん大丈夫《だいじょうぶ》？」

文人《ふみと》も梨乃《りの》も、都波《つなみ》のこと心配してるみたいだけど……おせっかいで、都波《つなみ》の裏《うら》の顔を知ろうともしない単純《たんじゅん》な二人にムカついて、俺《おれ》はすれちがいざま、吐《は》き捨《す》てるみたいに言った。

「知らねーよ。あいつのことなんかほっとけよ」

「まさか……嵐《あらし》、かれんちゃんにひどいこと言ってないよね？」

言ったか言わないか、なら「言った」。けどそんなのあいつのせいだし、謝《あやま》る気も起きない。

まだ都波《つなみ》は泣いてるだろうし、文人《ふみと》なんかが行ったら俺《おれ》のせいにされるかもしれない。

けど、もうそんなのどうでもいい。

もう、文人《ふみと》も都波《つなみ》も好きにしろ。

「……俺《おれ》、さきに教室帰ってるから」

その次の授業《じゅぎょう》の時間、都波《つなみ》は教室に戻《もど》ってこなかった。

先生には「保健室に行ってる」って梨乃《りの》が説明してたけど、結局その日は都波《つなみ》はいつの間にか家に帰ってしまったみたいだった。

10月1×日〜11月　×日

（空白）

#18

ワゴン車の後部座席《ざせき》に下級生たちが乗《の》り込《こ》んだ。俺《おれ》は助手席に座《すわ》ってシートベルトの金具をかちっとはめた。

ドゥルルルル、とエンジンがかかる。運転席の山田《やまだ》先生は少し疲《つか》れた声で、

「みんな、乗《の》り込《こ》んだかー？　それじゃ、帰るぞ」

と、言った。

今日は、陸上の県大会だった。先月の地区大会に出たうちの学校の生徒のなかで、予選を突破《とっぱ》して県大会に進んだのは五人。そのうち六年生は俺《おれ》だけ。

地区大会では結構《けっこう》いい線いってた俺《おれ》だけど、さすがに県の壁《かべ》は厚《あつ》かった。なんとか百メートル走の予選をくぐり抜《ぬ》けるも、決勝の六人の中では最下位とむざんに敗れてしまった。

まぁ、他の学校の選手は、食ってるもんがちがうのか？　と思うくらい上背《うわぜい》もあったし足もぶっといし、なんていうか始まる前から「こいつらと戦うのかよ」感が

やたら強かったんだけど。

（でも、もうちょっとなぁ……）

「嵐《あらし》……、今日はおしかったな」

山田《やまだ》先生が運転しながら、俺《おれ》に向かって言った。俺《おれ》はだまってたけど内心くやしさでいっぱいだったから、心を読まれてるのかもって、ビクッとした。

「え……、あ、はい……」

結果は六位だったけど、三位以下はほぼダンゴだった。一位は無理でも、もう少しで三位に入ってメダルは取れてたかも。自分ではそう思ってたけど、先生も同じ考えでいてくれたのかな。

ちらっと横を見ると、山田《やまだ》先生は声をひそめて言った。

「正直さ、今まで見てきた小学生の中で、お前が一番伸《の》びしろがありそうなんだよな」

「俺《おれ》が……ですか」

「荒削《あらけず》りなんだけど、本番に強いのがな。なんかこいつはやらかしてくれる感があるっていうか。そういうやつって少ないんだよ」

そういえば県大会に向けての練習では、先生もやけに気合が入ってる気がしてた。

そういうふうに思ってもらえてたのはちょっとうれしいけど、なんかむずがゆい。

「お前、中学に入ったらどうするんだ？　本格的《ほんかくてき》に陸上やるのか？」

聞かれて俺はあせった。

「い、いや、まだ全然なんも考えてなかったっす」

「そっか……。まぁ、先生としては、お前の走り、もうちょっと見てたかったんだよな。ひょっとしたら、県の代表もいけると思ってたんだけど」

それきり先生はだまってしまったので、俺《おれ》はなんとなく窓《まど》の外を見た。


走るのは、楽しい。けど、それを続けるかどうかは……わかんなかった。

でも。


『よけいなことしないでよ！』

俺《おれ》にどなったあいつ。あの日から一言も口をきいていない。それだけじゃなく、今までは用事があれば女子なんかとは会話してたけど、最近じゃそれすらもしてない。ますます固《かた》いカラに、閉《と》じこもってしまった。

あのリレーのとき、俺《おれ》が「何とかする」って言葉のとおりもっと速く走れていたら……たぶんこんなふうにはならなかった。もちろんそのあとの口ゲンカもまずかったんだけど、一番後悔《こうかい》してるところはそこだ。

それに今日も……。「あとちょっと」で追いつけないのは本当にくやしい。

俺《おれ》はもっと速く、強くなんなきゃいけない。そう思う。

秋は日が落ちるのがあっというまで、さっき閉会式《へいかいしき》をやったばかりなのに、もううす暗くなっていた。

先生に「暖房《だんぼう》つけてください」と言うのも気が引けて、その代わりに小さくくしゅんとくしゃみをした。

11月　×日

朝とか夜は結構《けっこう》寒くなってきた。

そろそろしたくをはじめなきゃ。

＊＊＊

「えっ、大橋中《おおはしちゅう》、陸上部ないんじゃなかったっけ？」

「えっ、あ、そうなの？」

思わずアホな声を出してしまった。

「知らなかったのかよ、嵐《あらし》」とみんなに笑われた。帰り道、颯太《そうた》や他の友達と「中学に行ったらどこの部活に入るか」なんて話をしてるときに、「陸上部もいいかなぁ」なんてうっかり言ったらこんなことになってしまった。

大橋中《おおはしちゅう》ってのは、俺《おれ》たちの町にひとつだけある中学校だ。もちろん俺《おれ》も来年の春からそこに通うことになる。

「俺《おれ》はもちろん野球部！」と塁《るい》。

「俺《おれ》はバスケー。おやじがＮＢＡ好きだから！」と海二《かいじ》。

聞けば俺《おれ》以外のやつらはみんなどこに入るか、だいたい決めてるみたいだった。

（なんだよ、みんなワリとちゃんとしてるんだな……）

そりゃもうすぐ俺《おれ》らも中学生だもんな。なんか全然実感わかないけど。

「文人《ふみと》も何かの部活に入るのかな」

颯太《そうた》がいないやつの名前を口にした。

せっかく俺《おれ》の放課後の練習がなくなったのに、文人《ふみと》は「図書室に行く」ってことで、一緒《いっしょ》に帰れなかった。俺《おれ》は文人《ふみと》のかわりに答えた。

「どうだろ。あいつ体弱いから、何も入らないかもな」

颯太《そうた》は「あ、そっか」とすぐ納得《なっとく》した。

文人《ふみと》はたぶん今ごろ、「あいつ」と二人で本でも読んでるんだろう。なんでか胸《むね》が痛《いた》い。……いや、気のせい気のせい。俺《おれ》には何も関係ない。

俺《おれ》は他のやつらと別れると、寄り道もせず、まっすぐ家に帰った。

「ただいまー！」

家の玄関《げんかん》を開けると、店のほうへも聞こえるぐらいデカい声を出した。

返事がない。けどその代わり、「嵐《あらし》へ」という置き手紙をテーブルの上で見つけた。

『今日はカレーが食べたい気分なので、材料を買ってきてください。ついでに三百円以内でお菓子《かし》を買ってもかまいません。家庭的な男の子はモテるぞ！　よろしくね』

なんだこのフザけたメモは、と思いつつ、他にやることもなかった俺《おれ》は、素直《すなお》におつかいに行くことにした。ちょうど体を動かし足りないし、行きは軽く走っていこう。

秋って日が暮《く》れるのが早い。さっき学校から帰ってきたばっかりなのに、もうあたりがうす暗い。

こうやって、そのうち冬が来て、短い三学期が来て、俺《おれ》は一つ歳《とし》をとって、卒業式が終わって小学生じゃなくなる。やっぱりうまく想像できないけど、そういえば最近、スニーカーがまたきつくなった。体は成長してる。確実《かくじつ》に。

玄関《げんかん》から出ると、散歩に行くとかんちがいしたのか、リードにつながれた茶太郎《ちゃたろう》がしっぽを振《ふ》ってじゃれついてきた。

「おいおい、お前の散歩はまたあとで行くよ」

俺《おれ》の言ってることがわからないのか、茶太郎《ちゃたろう》はかわいい舌《した》をペロッと出して、俺《おれ》のひざ元から離《はな》れなかった。

「茶太郎《ちゃたろう》、まだだって。ダメだよ、連れてけないよ」

それでもまだ離《はな》れてくれないので、無理やり歩き出す。

そのとき、古くなっていたのかリードが切れて、茶太郎《ちゃたろう》が俺《おれ》に飛びかかってきた。

ダメだ！ 抱《だ》きとめきれない！ そう思った瞬間《しゅんかん》、俺《おれ》の後頭部がゴッッ！ とデカい音を立てた。

「あーっ!!」

＊＊＊

頭から血をだらだら流したままリカおばさんの軽トラに乗って、となりの市にあるデカい病院に行った。おばさんがたまたま家を訪《たず》ねてきてくれなかったら、ヤバかったかもしれない。

お医者さんは俺《おれ》の頭を見て「元気のいい子だねぇ」なんて笑ってたけど、元気がいいのは俺《おれ》じゃなくて茶太郎《ちゃたろう》……まぁいいか。

「一応《いちおう》バイキンが入って化膿《かのう》しないよう、飲み薬とぬり薬を出しておくから、ちゃん使ってね」

そう言われて診察《しんさつ》が終わった。

お会計のあと、病院の横にあった小さな薬局に行くと、白衣をきた女の人がおでむかえしてくれた。マスクで顔が半分かくれてるけど、どっかで見たことあるような気がした。

「処方《しょほう》せん、あるかな？」

これかな、とさっき病院でもらった「末永嵐様《すえながあらしさま》」と、はしっこに書かれた紙を差し出した。すると女の人は、紙と俺《おれ》の顔を見《み》くらべてから「あら」と言った。

「もしかして、きみ、うちの娘《むすめ》の同級生かな？　大橋小《おおはししょう》なんだけど」

女の人がマスクを外した。この顔はもしかして……、と白衣の胸《むね》ポケットにつけられた名札をたしかめてみた。

「都波《つなみ》　和美《かずみ》」うん、あいつの母ちゃんにまちがいない。

「あの……はい、そう、です……。あ、あの、なんで俺《おれ》のこと知ってるんですか？」

「君、この前の陸上大会に出てたでしょ。それのパンフレットに名前書いてあったから……ってごめんなさい。よけいなおしゃべりしちゃって。すぐお薬用意するわね」

そう言うとガラスばりの、薬がたくさん並《なら》んだ奥《おく》の部屋へ引《ひ》っ込《こ》んでしまった。

（まさか、こんなとこに都波《つなみ》の母ちゃんがいるなんて……）

想像《そうぞう》のななめ上だった。別にだからなんだっていうんじゃないけど、都波《つなみ》（娘《むすめ》）とはいざこざがあったから、なんか気まずい。

他に誰《だれ》もいない待合室の長椅子《ながいす》に座《すわ》って、薬が出てくるまで変にビクビクしながらテレビを見ていた。画面の中ではニュース番組の天気予報《よほう》が流れていて、「明日は、突風《とっぷう》に注意してください」なんて言ってた。

「はい、嵐《あらし》くん。お待たせ」

都波《つなみ》のお母さんが薬を持って俺《おれ》の横に座《すわ》ったのでドキッとした。目の形とか、つんととがった鼻とか、見れば見るほど都波《つなみ》に似《に》ていた。

薬の使い方をていねいに説明したあと、都波《つなみ》のお母さんはふと表情《ひょうじょう》をくずした。

「きみ、リレーのときかっこよかったねぇ」

「え……、あ……」

「あと少しで追《お》い抜《ぬ》けそうだったよね。残念だったけど、すごかったよ」

今さらあのときのことをほめられて、うれしいというより変にはずかしかった。だまったままでいるのも感じ悪いだろうから、「ありがとうございます」と小声で返す。

「うちの娘《むすめ》もね、『リレー、絶対優勝《ぜったいゆうしょう》したい』って、言ってたのよ。バトン落とさないようにしなきゃ、とか」

（そんなこと、言ってたんだ）

あいつ……、「たかが地域《ちいき》の大会」ってキレてなかったっけ。しかも俺《おれ》には「やりたくなかった」とも言ってた気がする。

頭の中がこんがらがって「はぁ」と微妙《びみょう》な返事しかできなかった。

「練習もはりきってたみたいだし。あの子にしてはめずらしくて、びっくりしちゃったわ。あの子、あんまり学校行事とか真剣《しんけん》にやるタイプじゃなかったんだけど」

「そうなんですか……」

「私《わたし》もそういう子供《こども》だったから、似《に》ちゃったのかもね」

と言って都波《つなみ》のお母さんは目を細めた。

「あそこであの子が転ばなきゃ、ダントツで一位だったわよね。でも……いい思い出になったんじゃないかしら。ありがとね、今まで」

「いえ……」

「ありがとう」なんて言われるようなことはしてない。むしろそのことで、お宅《たく》の娘《むすめ》さんにすっげぇ嫌《きら》われてるんですけど。

それに……なんか、この都波《つなみ》のお母さんの言い方が引っかかる。別に変なこと言ってるわけじゃないんだけど……

なんでだろう、考えはじめたとき、ななめ後ろにあった自動ドアがかすかな音を立てて開いた。

「嵐《あらし》、もう終わった？」

「あっ……、おばさん。今、終わった」

ちょっと遅《おそ》くなったからか、駐車場《ちゅうしゃじょう》で待っていたはずのおばさんが俺《おれ》の様子を見にきてくれた。

都波《つなみ》のお母さんは「ごめんね、引き止めて」と言ってすっと立ち上がった。

「それじゃ、おだいじに。今日はあんまりあばれちゃダメだよ」

「あ、あの、都波《つなみ》……さん」

振《ふ》り返《かえ》って「なに？」と聞き返される。えーと、何言おうとしてたんだっけ。あっ、そうだ。

「今日、俺《おれ》がここに来たこと、か、かれんさんに話したりしないでほしいんですけど……」

うちの母ちゃんの店には仕事がら同級生とかその家族が来たりするけど、学校の行事以外で自分の母親を見られるのって、なかなかにはずかしいものなのだ。

あいつもクラスのやつが母親と会ったって知ったら嫌《いや》がるかもしれない。しかも、俺《おれ》とあいつは関係悪いし。そう思って言うと、都波《つなみ》のお母さんは口元に一本指を立てて言った。

「仕事で知ったことは、『守秘義務《しゅひぎむ》』があるから他の人に言っちゃいけないことになってるの。たとえ娘《むすめ》でも、ね。だから大丈夫《だいじょうぶ》よ」

俺《おれ》はホッと胸《むね》をなで下ろすと、「ありがとうございます」と言って薬局をあとにした。

おばさんに帰りの車の中で「なんの話してたんだ？」って聞かれたけど、「他の人には言っちゃいけないことになってるの」って都波《つなみ》のお母さんをまねして返した。

あいつの考えてることって、やっぱりよくわからない。

リレーの選手に選ばれて、嫌々《いやいや》やっていたのか、お母さんの言ってたとおり、はりきってたのか。もし楽しんでたんだとしたら、どうして俺《おれ》に音楽室の前でウソをついたのか。

もともと意味不明なことばっかりするやつだったけど、今日お母さんに会って謎《なぞ》がますます深まった。

だけど、都波《つなみ》のお母さんの言ってたことに対する「変な感じ」は、すぐに理由がわかるんだ――

11月2×日

たぶん、明日の帰りの会で先生があのことを言うはず。
私《わたし》は、いつもどおりふるまえばいい。

#19

「ここんとこだいぶ冷《ひ》え込《こ》んできたね～」

火曜日の朝、ご飯の支度《したく》をしながら母ちゃんが言った。

そういえば、さっき、新聞をとりに行ったとき、茶太郎《ちゃたろう》が「寒いよ～」とでも言いたげにすり寄《よ》ってきた。

テレビのニュースでは、天気予報《よほう》が流れている。母ちゃんは家事の手を止めてそれを見てて、俺《おれ》は音声だけ聞いてた。

「あらやだ、もっと寒くなるなら冬物用意しなきゃ。嵐《あらし》の去年のセーター、まだ着られるかしら」

母ちゃんのひとりごとにつられてテレビの画面を見てみた。一週間の天気予報《よほう》が画面に浮《う》かんでいて、今週はずっと天気が悪くて、週末は今シーズンで一番寒くなる、と書いてあった。

「去年のやつなら、洗たくで伸びたから、ちょうどええやろ?」

「そっか。だったらＯＫ。あ、そうだ。金曜日はうちに業者さんが来るから、よろしくね」

よろしくって。俺《おれ》に何しろって言うんだ。何もするなってことかな。

俺《おれ》は「わかった」といいかげんな返事をすると、朝ご飯のみそ汁《しる》をすすって席を立った。


それからその日は、べつに、いつもと変わりない、ふつうの日だった。授業《じゅぎょう》受けて、給食食べて、また授業《じゅぎょう》聞いて……嫌《いや》な予感とか虫の知らせとか、そんなのは一切《いっさい》なかった。

帰りの会では、日直による連絡《れんらく》と、ながったらしい先生の話と、反省会があって。

先生から宿題のテーマを出されて、終わり……にはならなかった。

「えーと、今日はちょっと、みんなにお知らせがあります」

急に先生が言ったので、教室の中がざわっとした。

「都波《つなみ》さんがご家庭の事情《じじょう》で県外に引《ひ》っ越《こ》しをされることになったので、みんなと一緒《いっしょ》にいられるのは今週の木曜までになります」

教室内から「えーっ」という声が聞こえた。

今日は火曜で、学校はもう終わりだから……都波《つなみ》がこのクラスにいるのは明日とあさって。

たった二日だ。

(そんな……)

思わず都波《つなみ》のほうを見た。いつもと変わらないすました表情《ひょうじょう》で、まるで自分には関係のないことを言われてるみたいだった。

(本気、なのかよ)

「都波《つなみ》さん、みんなにひとこと」

言われて都波《つなみ》はゆっくりと立ち上がった。

「……短い間でしたが、仲良くしてくれてありがとうございました。このクラスで過《す》ごすのはあと少しですけど、最後までよろしくお願いします」

……何言ってんだよ。全然仲良くなんてしてなかったし、するつもりもなかったじゃねぇか。

まだ周りがざわざわとする中、都波《つなみ》は軽くおじぎをして座《すわ》った。

そういえば、都波《つなみ》のお母さんが「いい思い出」って言ってた。ちょっと変だなって思ったけど、あれは、またすぐいなくなってしまうって、そういう意味だったんだ。

じっと都波《つなみ》のことを観察する。いつもと何も変わらない。悲しいとか残念だなんて、少しも思ってないみたいだ。

急に息が浅くなって、鼻の奥《おく》がツーンとなった。おかしい。俺《おれ》、すごいショック受けてるみたいだ。

俺《おれ》なんか、別に、あいつがいなくなったってかまわない。むしろあいつはムカつくし、性格《せいかく》悪いし、いなくなってくれてせいせいする、はずなのに――

「あーあ、かれんちゃん、いなくなっちゃうのかー」

教室を出て昇降口《しょうこうぐち》まで向かう途中《とちゅう》、そんなことを颯太《そうた》と塁《るい》たちがしゃべってる。

「この前来たばっかりなのになぁ。なんでもう引《ひ》っ越《こ》しちゃうんだろ」

今さらだけど、花火のときにあいつが言ってたことを思い出した。

――この前はめずらしく東京にいたけど……

「めずらしく」ってことは、何回も転校してるってことだったんだ。最初から、すぐに引《ひ》っ越《こ》すことがわかってたんだろう。

「なんか……、学校来る楽しみ減《へ》るよなぁ」

「俺《おれ》、最後に写真一緒《いっしょ》にとってもらおうかなぁ」

「えーっ、じゃあ俺《おれ》は、引《ひ》っ越《こ》し先の住所聞く！」

そのとき、都波《つなみ》が階段《かいだん》のほうから歩いてきた。いつもサヨナラのあと一番に教室から出ていっちゃうけど、今日はいったん戻《もど》ってきたらしい。

「あ……」

男子たちはいっせいに、下を向いて目をそらした。

さっきまでいろいろうわさしてたくせに、本人を目の前にすると何もできないみたいだ。

何だかなぁと、思いつつ、背《せ》の高い塁《るい》の後ろについて通《とお》り過《す》ぎようとしたとき、くい、とそでをひっぱられた。

「……!?」

おどろいて立ち止まる。俺《おれ》のそでをつかんでいるのは都波《つなみ》だった。

颯太《そうた》たちは気がつかなかったのか先に行ってしまっている。

「え……っと、何？」

たずねると、都波《つなみ》は小声の早口で、言った。

「明日って、晴れる？」

（えっ？）

なんでそんなこと俺《おれ》に聞くんだ？

意味がわかんないんですけど。でも、たしか今朝《けさ》のニュースで……

「今週はずっと天気悪いみたいだけど……」

あんまりにも意味がわかんなかったので、それまでいざこざがあったことなんてすっかり忘《わす》れて、ふつうに返した。そしたら都波《つなみ》は袖《そで》をパッと放して、

「あっ、そう」

と言うと、くるっと振《ふ》り返《かえ》って歩き出した。

「お……」

俺《おれ》も呼《よ》び止《と》めようとしたけど、

「嵐《あらし》ー、どうした？　行くぞー」

颯太《そうた》に気づかれて、戻《もど》らなきゃいけなくなった。

外は降《ふ》ったりやんだりの空もようで、みんなと別れたころ、ちょうど小雨《こさめ》がパラつきだした。

まるで、空が泣いているみたいだった。

11月1×日

大橋小《おおはししょう》、最後の日。

特に、何事もなく終わった。

本当に、何もなく。

そんなものなのかもしれない。

私《わたし》はただの「風」だった。あとには、何も残らない。

それを、望んで来たのだからしかたない。

だけど、心残りが一つだけある。

自然のことだから、しかたないけれど――

#20

「……で、読み方は同じ『おさめる』だけど、漢字は四種類あって、まずこの『納《おさ》める』は……」

教室の後ろに貼《は》られた習字の半紙の、「たなか」と「とみた」の間にぽっかり空白があいた。朝の会の前に、日直が使わなくなった机《つくえ》と椅子《いす》を空き教室に運んでいった。

昨日を最後に、都波《つなみ》は転校してしまった。

今日はもう、誰《だれ》も「かれんちゃんどうしてるかな」なんて言わない。颯太《そうた》ですら、朝にはあっけらかんとした顔で「おっはよー！」なんて笑ってた。

今までだって、大きな街に引《ひ》っ越《こ》して行った友達は、何人か、いた。

だからわかってる。戻《もど》ってくることはないし、たぶんもう会うことも、ない。

誰《だれ》かが出ていくたびに、最初はちょっとつらくて、そのうちに平気になって……ってなって。たぶん、今回もそうなるはず——

「……元気ないね」

図工の時間に手洗い場で絵の具の筆を洗《あら》ってたら、となりに梨乃《りの》が来て俺《おれ》にこっそり話しかけてきた。

「別に……」

「ちょっとしっかりしてよ。嵐《あらし》くんが静かだと、クラスが暗くなるんだけど」

知らんわ。っつか、ふだんは「うるさい」って注意してくるくせにどっちなんだよ。

大声出すのもダルくて、顔だけムッとしてみせると、梨乃《りの》はヘヘッと笑った。

「って、ウソだよ。やっぱり仲良かった子がいなくなると、さみしいよね」

ホント女子って誰《だれ》が好きとか仲いいとか、そういうネタ好きだよなぁ。

でも一応《いちおう》心配してくれてるんだろうし、「そんなんじゃない」とか「誰《だれ》のことだよ」ってつっかかるのも悪い気がして、ぼそっとたずねた。（授業中《じゅぎょう》だしね）

「……そういうふうに、見える？」

「見えるよ。なんかかれんちゃんと嵐《あらし》くんの間って、誰《だれ》にも入れないような空気みたいなの、あったもん。気づいてたの私《わたし》だけだったみたいだけど」

「別にないわ、そんなん……」

なんだよ「誰《だれ》にも入れないような空気」って。俺《おれ》、ふつうにあいつに嫌《きら》われてたんだけど。俺《おれ》はいらだちをぶつけるように、蛇口《じゃぐち》を全開にして筆をしごいた。

見かねた梨乃《りの》がさらに近寄ってきて、こっそりつぶやいた。

「嵐《あらし》くん、今だから話すけど……」

「何だよ。じらすなよ」

「……私《わたし》ね、昔好きだった人に、よけいなことして嫌《きら》われたの」

えっ、なにそれ。

予想外のことだったけど、スルーできない。

おどろいて顔を見返すと、梨乃《りの》はうつむいて言った。

「小さいときから親と親が仲良くて、気がついたら近くにいて、好きだったんだけど……。ある日、彼《かれ》のお母さんに『あの子、学校でちゃんとやってる?』って聞かれて、お母さんにも好かれたかったから、『ちょっと忘《わす》れ物《もの》多いけど、がんばってます』って言ったら、そのことでお母さんに注意されたみたいで」

それって颯太《そうた》のこと?

初耳なんだけど。お前さらっと重大なことカミングアウトすんなよ。

「『お前チクっただろ』って責《せ》められたけど、そのときは私《わたし》も悪いことしてない、と思ってたから、『ホントのことだよね』なんて言ってますます怒らせちゃって。今思えば、彼《かれ》の気持ち考えて、すなおに『ごめん』って言えてたらよかったなぁってさ」

「ああ……」

「だからさ、やっちゃって『しまった』って思ってることがあったら、どっちがきっかけだったとかそういうのはおいといて、ちゃんと謝《あやま》ったほうがいいと思うんだよね」

それを聞いて、梨乃《りの》が話しかけてきた理由がわかった。

梨乃《りの》は芽明里《メアリ》たちが都波《つなみ》の悪口を言ってた件《けん》で、都波《つなみ》と俺《おれ》の仲が決定的に悪くなってしまったことを知ってるんだろう。

だから勇気づけてくれようとしたんだろうけど……

「もう、遅《おそ》いし……」

都波《つなみ》は昨日でいなくなってしまった。タイムマシンにでも乗らないかぎり、そんなチャンスはない。そんで、タイムマシンがまだどこにもないことは、小さい頃《ころ》に大事な人を失った俺《おれ》がよく知ってる。あったらいいのにって、今日だって千回ぐらい思ってる。

キーンコーン、とチャイムが鳴った。梨乃《りの》はためいきをつくと、「いったん教室に戻《もど》らないと。嵐《あらし》くんの分も片付《かたづ》けておくね」と言って帰ろうとした。

ホントにおせっかいな女子だなぁ。でも、昔の話はちょっとかわいそうだと思った。

好かれようとして、逆《ぎゃく》に嫌《きら》われて……ってつらかっただろうし、俺《おれ》にもできることがあるならしてあげたい。「なぁ」と俺《おれ》は梨乃《りの》を呼《よ》び止《と》めた。

「お前、そいつのこと、まだ好き?」

「ううん。全然。『昔のこと』って言ったじゃん」

あんまりにもあっさり言うもんだから、逆《ぎゃく》にホントかどうか疑《うたが》わしくなった。

「嵐《あらし》くんも、早く気持ち切りかえてよね。あとがつっかえてんだから」

ちょっと芝居《しばい》がかった感じで梨乃《りの》が言った。俺《おれ》は「なんのことだよ」と聞いたけど、梨乃《りの》は答えてくれなかった。

＊＊＊

『元気ないね』

梨乃《りの》に言われてからは、一応《いちおう》いつもどおりふるまってるつもりだったけど、なんかふだん使わない部分の脳みそを使ったせいか、今日一日どっと疲《つか》れた。

帰りの会が終わって、階段《かいだん》を下りて昇降口《しょうこうぐち》に向かう。下駄箱《げたばこ》から靴《くつ》を取り出そうとすると、靴《くつ》の中に折りたたんだ紙が入ってることに気づいた。

(なんだろう?)

明らかにノートの一ページを切ったやつっぽいし、ラブレター的なものではないと思うけど……。

紙を手に取ったところで、俺《おれ》は「嵐《あらし》」と呼《よ》び止《と》められた。

「一緒《いっしょ》に帰ろ」

ランドセルを背負《せお》った文人《ふみと》が、すぐ横に立っていた。ちょっとぎこちない笑顔《えがお》を浮《う》かべて。

「お、おお……」

俺《おれ》は手紙をポケットにねじ込《こ》むと、文人《ふみと》に負けないぐらい、不器用な笑みを作った。

＊＊＊

文人《ふみと》がひさしぶりに一緒《いっしょ》に帰ることになっても、颯太《そうた》たちは「今日は一緒《いっしょ》に帰れるんだー」って、ふつうに喜んで、変なふうに理由を探《さぐ》ったりしなかった。

そんで、「今日の夕飯何かな」なんてどうでもいいことばっかり言ってるうちに、一人抜《ぬ》けて、二人抜《ぬ》けて、いつもの曲がり角が来て、颯太《そうた》ともお別れになった。

文人《ふみと》と二人っきりになる。……ひさしぶりだから、今までどんなことをしゃべってたか、よく思い出せなかった。

沈黙《ちんもく》……っていうのかな。何を言えばいいのかわからないでいると、文人《ふみと》のほうが先に口を開いた。

「僕《ぼく》、嵐《あらし》に謝《あやま》らなきゃいけないことがあるんだ」

「……えっ？　なに？」

全然思いつかない。そもそも文人《ふみと》が悪いことをするはずないんだけど……

「僕《ぼく》最近、ずっと、かれんちゃんと一緒《いっしょ》にいたでしょ。それで、さみしい気持ちにさせてたかなって」

文人《ふみと》が頭を下げたので、俺《おれ》はなんか気まずかった。

小さい頃《ころ》からの友達だからって、ずっとべったりってわけにはいかない。文人《ふみと》には文人《ふみと》の世界があるし、もちろん俺《おれ》にもある。

だから、文人《ふみと》が俺《おれ》のほかに仲良いやつができても、俺《おれ》がどうこう言うようなことじゃない。

……そう頭ではわかってたけど、本当は都波《つなみ》とどうしてるか、何を二人でしゃべっているのか、毎日気になってた。

そんなことを考えてたのがバレないよう、俺《おれ》はわざと軽く受け流した。

「あー……、いいよ、それぐらい。っつうか、あいつ引《ひ》っ越《こ》しちゃったな。残念だったな。あいつ、文人《ふみと》とは仲良かったもんな」

「……ほんとは、そうじゃなかったんだ」

「えっ」

どういうことなんだろう。俺《おれ》はすぐに聞き返した。

「『そうじゃなかった』って……」

「かれんちゃん、ずっと『早く引《ひ》っ越《こ》したい』ってよく言ってた。『ホントにここは何もない』って。僕《ぼく》のことも、無視《むし》はしなかったしとなりに座《すわ》るのも嫌《いや》がったりはしなかったけど、ただ、それだけ。結局最後まで、全然心開いてくれなかった」

そうだったんだ。もっとふつうに仲いいもんだとばっかり思ってた。

聞いてるこっちの胸《むね》まで痛《いた》くなってきたけど、一応《いちおう》だまって文人《ふみと》の言葉の続きを聞いた。

「それでも、ずっと一緒《いっしょ》にいれば、僕《ぼく》のこと、ちょっとでも好きになってもらえるかなって思ってたけど、全然ダメだった。嵐《あらし》にはかなわなかった」

「えっ、俺《おれ》?」

なんで俺《おれ》が出てくるんだ?

聞き返すと、文人《ふみと》は重くうなずいた。

「僕《ぼく》、実は、陸上大会の練習、上から見てたんだ。かれんちゃん、嵐《あらし》とリレーの練習してるときが、一番楽しそうだった。あんな顔、僕《ぼく》といるときは一度もしなかった」

そこまで言うと、文人《ふみと》は足を止めて、うつむいて顔を手でかくしてしまった。

「でも、それってきっと、走るのとか、勝負が好きだからじゃないの」

文人《ふみと》は顔をかくしたまま、首を横に振《ふ》った。

「かれんちゃん、ホントは嵐《あらし》にひどいこと言ったこと、謝《あやま》りたいって言ってたんだ。でも、『嵐《あらし》は一回怒《おこ》ったらがんこだから、まだ早い』とか『かれんちゃんは悪いことしてない』って言って僕《ぼく》が止めたんだ。かれんちゃんと嵐《あらし》が近づくのが嫌《いや》で。かれんちゃん、僕《ぼく》が嵐《あらし》のこと話すときは、もっと聞きたそうにしてたから」

ぽた、と地面に水滴《すいてき》が落ちた。文人《ふみと》が声も出さずに泣いている。

「かれんちゃんが怒《おこ》ったりするのも、楽しそうにするのも、いつも嵐《あらし》といるときだけなんだよ。それに気づいてたのに、僕《ぼく》は……最低だよ……」

文人《ふみと》はたぶん、ものすごく悔《く》やんでるんだろう。自分のしたことがフェアじゃなかったって。自分がよけいなことを言ったせいで、あいつと俺《おれ》がぎくしゃくしたまま、転校になってしまったって。

でも、文人《ふみと》は最低なんかじゃない。それは、いつも一番そばにいた俺《おれ》が知ってる。俺《おれ》は自分に言い聞かせるみたいに言った。

「父ちゃんが死んだとき、俺《おれ》のことずっとなぐさめてくれただろ。それだけで、俺《おれ》は……」

「そっ、それもちがうんだ」

何がちがうんだろ。またドキッとする。

「嵐《あらし》は、子供《こども》の頃《ころ》から人気者だったよね。それで、お父さんがいなくなって嵐《あらし》が落《お》ち込《こ》んでるって知って、『今がチャンスだ』って思って家に行ってたんだ。今なら、嵐《あらし》をひとりじめできるって」

そんなふうに思ってたんだ。全然知らなかった。

毎日、俺《おれ》のうちに来て俺《おれ》のこと元気づけてくれて、それから今まで一回もケンカもしないいくらい仲良くて。きっと、相性《あいしょう》みたいなのがものすごくいいんだって、ノーテンキに思ってた。

俺《おれ》はなんと言っていいかすぐにはわからなくて、ぎゅっと右手をにぎりしめた。

「だから、僕《ぼく》はほんとに、いいやつじゃないし、自分のことしか考えてなくて友達でいる資格《しかく》なんかない。だけど僕《ぼく》は、ほんとに、今でも、本当に……」

ずずっと文人《ふみと》が鼻水をすすって、顔を上げた。泣いて赤くなった目で、俺《おれ》のことをまっすぐに見た。

「嵐《あらし》みたいに、なりたかった……」

なんだかもう、胸《むね》がきりきりして痛《いた》い。

正直なところ、ショックは感じてる。都波《つなみ》が謝《あやま》りたいって思ってたって知らなかったし、文人《ふみと》と俺《おれ》が仲良くなるきっかけについてもそうだ。ずっと俺《おれ》は、何も知らないで、文人《ふみと》の思いどおりに動かされてたのかもしれない。

ホントに、俺《おれ》は、バカだ。

でも。

「バーカ」

俺《おれ》はグーににぎった手からひとさし指をのばして、文人《ふみと》のほほをつついた。俺《おれ》も

バカだけど、文人《ふみと》だって全然わかってない。

「ほんとに嫌《いや》なやつが、そんなふうに後悔《こうかい》して泣くかよ」

俺《おれ》の言葉が意外だったのか、文人《ふみと》は目を見開いた。

「でも……」

「よく考えてみろよ。俺《おれ》みたいなのが二人もいたら大変だろ。モノはこわすし女子は泣かすし。つうか、文人《ふみと》がガキのとき何を思ってたにしろ、俺《おれ》は文人《ふみと》がいてよかったと思ってるし、ほんとに助かった。だから、誰《だれ》かになりたいとか、そういうの思わなくていいし、あやまんなくてもいいよ」

文人《ふみと》が最初どう思ってたにしろ、それで俺《おれ》は悲しみから立ち直ったんだ。文人《ふみと》がいない今なんて考えられない。

それに、たとえばだけど自分が、生まれつきほかの男子より体が弱くて、「やっちゃいけない」って禁止《きんし》されてることが多かったとしたら……多分だけど、他のやつがものすごくうらやましいだろうし、学校なんか行きたくなくなると思う。「なんで自分だけ」って、神様をうらみたくなったりするんだろう。

そういう気持ちを出さないようにして、俺《おれ》みたいなのとずっと一緒《いっしょ》にいるのって……

「文人《ふみと》も、苦しかったんだろ」

文人《ふみと》の顔がぐしゃっとなって、真っ白なほほはみるみるうちに赤くなった。それからすぐ、小さい子供《こども》みたいな泣き声が通学路にひびいた。

まるで、父ちゃんがいなくなったときの、俺《おれ》ぐらいのいきおいで。

「嵐《あらし》、ほんとにごめん」

「だからごめんはナシだって」

こういうとき俺《おれ》はどうしたらいいか知ってる。ヘタなことは言わないで、気がすんで泣き止《なや》むまで、じっとそばにいるだけだ。

そんで、涙《なみだ》がとまったら、それまでよりもっと仲良くできる。それも、小さい頃《ころ》に、文人《ふみと》が教えてくれた。

＊＊＊

いつもより家に帰るのが少し遅《おそ》くなった。文人《ふみと》は、別れぎわにはもうさっぱりした顔で、「また来週」なんて言って笑ってた。

ちょっと疲《つか》れた足で玄関《げんかん》を開けて中に入ると、早めに仕事を切り上げたのか、母ちゃんがすでに居間《いま》にいた。

テーブルの上には、スケッチブックぐらいの大きさの、白くてうすい機械が置いてあった。

「あれ……なにこれ」

「何って、パソコンだよ。うちもね、メールで予約とかしたいって、最近お客さんからお願いされることが多くてさ」

これが？　他の友達の家にあるパソコンって、もっとでっかくって画面と文字打つところがはなれてるけど……

母ちゃんが得意げに機械をパカッと開けた。画面と、キーボードが中にちゃんと入ってた。最新のパソコンって、こんなに薄《うす》くて小さいんだ。ちょっとびっくりだ。

ジャジャーンという音と一緒《いっしょ》に、画面が明るくなった。友達んちでも見たような、小さなイラスト（アイコンっていうんだっけ）が並《なら》んでる。

「これ、もうインターネットとか使えるの？」

「うん。今日の昼間、工事の人に来てもらったから」

そういやちょっと前に、「業者さんが来る」って言ってたな。これのことだったのか。

「嵐《あらし》も調べものとかのとき使っていいよ。こういうのは、あんたたち若《わか》い子のほうが早く使い方覚えるだろうからね」

「……いいの？」

「ただし、ご飯食べてお風呂《ふろ》入って、宿題やったらだよ。『勝手にお金を使わない』『禁止《きんし》されてるところには行かない』『夜十時には布団《ふとん》に入る』のは守ってね」

俺《おれ》は「わかった」と言ってうなずいた。母ちゃん、機械オンチのくせにこんなの買っちゃって……。宝《たから》の持ちぐされにならなきゃいいけど、と真新しい白いパソコンをなでた。

それから茶太郎《ちゃたろう》の散歩に行って夕飯食べて風呂《ふろ》に入って、母ちゃんが明日の支度《したく》をしている間に、居間《いま》にあるパソコンをさっそくさわってみた。せっかく買ったんだから、使ってやらなきゃかわいそうだしね。

ゲームなんかもできるみたいだけど、俺《おれ》はあんまり得意じゃないから、インターネットにつないでみることにした。

何度か友達の家で使わせてもらったことはあるし、一応《いちおう》やり方はわかる。たしかこの□の中に、知りたいこととか、言葉を入れたりするんだよな。

キーボードの位置もまだよくわかんないから、なれるために「人気の犬の名前」とか「広島カープ」とかテキトーにいろいろ入れてみた。そんなことをしているうちに、すぐに寝《ね》る時間の十時近くになってしまった。

（これで、今日は最後にしよ）

なんとなく思い立って、自分の町の名前を入れた。そんで検索《けんさく》結果の上のほうにあったホームページが面白《おもしろ》そうだったので、一応《いちおう》クリックしてみる。

そのホームページでは、うちの町の名所や景色、それから旅行先の写真なんかを紹介《しょうかい》してた。画像《がぞう》がメインで短い文章がついてるんだけど、プロフィールに「妻《つま》と五歳《さい》の息子《むすこ》がひとり。」なんて書いてあるから、若《わか》いパパさんが管理人さんみたいだ。

（あー、これって……）

花火大会の写真もあったんだけど、それには「穴場《あなば》スポットの観音様の高台より」と書いてあった。観音様といったら、このあたりでは、俺《おれ》んちのお墓《はか》があるお寺の別名だ。つまり、あいつが「インターネットで調べた」って言ってたのは……って今さらどうでもいいか。

他にどんなこと書いてあるのかな。気になって一番最初のページに戻《もど》ると、下のほうに最終更新日《こうしんび》が書かれていた。

日付は六年前になっていた。なんだ、ずいぶん古いページが残ってるんだな。その頃《ころ》なんて俺《おれ》も幼稚園《ようちえん》生で、茶太郎《ちゃたろう》はいなくて、文人《ふみと》と親友になる前で——

「えっ……、ちょっとまって」

がばっと前かがみになって、画面に目をこらす。もしかして、と手当たりしだいページの中を調べた。そしてプロフィールのところを見直すと、「息子《むすこ》がひとり。」の「。」にリンクが張《は》ってあるのに気づいた。ふつうの人だったら見逃《みのが》しちゃってただろう。

(なにこれ)

かくしリンクってやつだろうか。急いでそれをクリックする。だけど回線が混《こ》んでるのかなかなかページが全部表示《ひょうじ》されない。

「嵐《あらし》、もうそろそろ寝《ね》る時間だよ」

母ちゃんに声をかけられた。俺《おれ》はハッと顔を上げて母ちゃんを呼《よ》んだ。

「ごめん、もうすぐ寝《ね》るけど……、ちょっとこれ見て！」

「えっ、どうしたの？」

俺《おれ》がせっぱつまった声を出したからか、母ちゃんは心配そうにかけつけて、一緒《いっしょ》に画面の中をのぞき込《こ》んだ。

そしてようやく表示《ひょうじ》された写真を見て、母ちゃんは息をのんだ。

「これ、誰《だれ》にも見せてないはずの写真なんだけど……」

「って、ことはやっぱり……」

高いところから撮《と》った町の風景の写真だ。そえてある文章には、こう書いてあった。

『「あらし」の生まれた朝。奇跡《きせき》が起こった。』

#21

「ワンワン、ワン！」

外で茶太郎《ちゃたろう》が鳴いている。

昨日の夜、あれから母ちゃんとパソコンをいろいろいじっていて、結局寝《ね》るのが遅くなってしまった。

今、何時だろうと手探《てさぐ》りで目覚まし時計を確《たし》かめる。

「まだ六時半かよ……」

せっかくの土曜日だ。もう一回寝《ね》ようとしたけれど、茶太郎《ちゃたろう》がしつこく鳴くから変に目がさえてしまった。

カーテンを開けるとうっすらと明るく、そして、曇《くも》った窓《まど》ガラスの向こうはもやがかかっていた。

パジャマの上にジャンパーをはおって、はだしのままサンダルをつっかけ、茶太《ちゃた》郎《ろう》に「めっ」しようと台所の勝手口から外に出た。

きん、と冷えた空気が風にのって顔にふきつけた。

半分ねぼけまなこだった目が、急にさえた。

(もしかして――)

家の前の道に出る。霧《きり》が、濃《こ》い。だけどはるか頭上のほうは晴れている。十年以上この町で育ってきた俺《おれ》にはわかる。こんな日は、「あれ」が出るはずだ。

『「あらし」って――』

初めて出会ったときにそう口にした女の子。

あいつはもういないんだっけ。もう少しだけこの町にいてくれたらよかったのに。

後悔《こうかい》で胸《むね》が苦しくなる。

俺《おれ》っていつもそうだ。いつもあと一歩のところで間に合わない。

そう思いながら、ジャンパーのポケットに冷えた手を入れた。

そしたらポケットの中で、指が折りたたんだ紙にふれた。

(これ、何だ?)

とポケットの中から取り出す。それは、昨日、下駄箱《げたばこ》に入ってた手紙だった。

結局、何だったんだろ。とりあえず開けてみると、こんなことが書いてあった。

「かれんちゃん、明日の朝まではこっちにいるらしいよ。うちのパパの妹の友達が、かれんちゃんのママっぽいヒトと一緒《いっしょ》に働いてて、そう言ってたって　梨乃《りの》」

ものすごいデフォルメされた地図も描《か》いてあった。伝言ゲームみたく途中《とちゅう》で内容《ないよう》変わってんじゃないのか、とツッコミたくもなったけど。

「……行くっきゃないやろ」

何時に出るかは知らない。でも、ギリギリ間に合うかもしれない。

こんなチャンス、めったにない。

ダメになるかもって、怖《こわ》いけどそれより大事にしなきゃいけないことがある。

どうせ、ダメなら二度と会わないだけだ。

そう思うと勝手に体が動いていた。いったんパジャマを脱《ぬ》いでジャージに着替《きが》えて、その上から寒くないようウィンドブレーカーにしっかり袖《そで》を通した。

自転車にまたがって通りに出る。吐《は》く息が、白い。

急げ。

急げ。

一秒だって早く行くんだ。

霧《きり》と風の中をこぎ続けて、すっかり息が上がってしまった。

地図を頼《たよ》りに、かろうじて歩いてた人に聞《き》き込《こ》みして、ようやく都波《つなみ》が住んでたはずの借家を探《さが》し当《あ》てた。

だけど、カーテンのかかってない窓《まど》から見える部屋はすっからかん。

(遅《おそ》かったか……)

やっぱりもう行っちゃったか。

梨乃《りの》がウソついてたとは思えないけど、どっかで聞《き》きまちがいとかあったのかもしれない。

がっかりしながら自転車に乗ろうとしたら、となりの家の人が、犬の散歩に出るところで、俺《おれ》に声をかけてきてくれた。

「都波《つなみ》さんなら、さっき、『お世話になりました』って言って鍵《かぎ》返しにきたよ」

大家さんだったのか。

俺《おれ》は速攻《そっこう》で聞き返した。

「次って、どこに行くって言ってました？」

「たしか、金沢《かなざわ》だったかな？」

金沢《かなざわ》……って本州の遠いところだよな。ってことは、車か、飛行機か。どっちかわかんないけど、飛行機なら、空港までは電車だろう。

サンキューおばちゃん。俺《おれ》は「ありがとうございます」と早口で言うと、また自転車に乗って走り出した。

ああ、もう、時間がない。

県道に出たところで、突然《とつぜん》後ろから「プップー」とクラクションを鳴らされた。

「嵐《あらし》!?　何やってんの。どこに行くんだ？」

リカおばさんだ。今から畑に行くところなんだろうか。軽トラに乗っていた。

ちょうどいい、と俺《おれ》はキキーッとブレーキをかけながら叫《さけ》んだ。

「駅まで連れてって！」

＊＊＊

「ちょっと、ここで待っとって」

駅前のタクシーとかがよく止まってるところで軽トラから降《お》りると、霧《きり》で白くなった駅舎《えきしゃ》に向かって走った。

ちょうど駅の改札が開いて、まばらな乗客がホームへと向かってるところだった。

その中に、いた‼

お母さんは、大きなスーツケースを持ってるけど、都波《つなみ》はうすいリュックしか背《せ》負《お》ってない。

ごちゃごちゃ考えてたら足が止まっちゃう。俺《おれ》は「すみません、すぐ終わるんで」と駅員さんに言って、改札を突破《とっぱ》した。

「都波《つなみ》！」

都波《つなみ》が振《ふ》り向《む》いた。

そばにかけよると、都波《つなみ》は大きな目を見開いたまま、口をぱくぱくさせた。よっぽどおどろいてるらしい。

俺《おれ》は小声で聞いた。

「飛行機、出発何時？」

「え……と、九時すぎ」

「わかった。それには間に合うようにする。ちょっと俺《おれ》についてきて」

電車はつぎのを逃《のが》したら、さらに一時間後だけど、おばさんに頼《たの》めばきっとどうにかなる。

「すみませーん、ちょっとかれんさんに用事があるんですけど」

一応《いちおう》言っとくか、と、都波《つなみ》の手をとって言うと、都波《つなみ》のお母さんは何が起こったのかわかってないみたいだった。

「えっ……。どういうこと？ 用事……って、え、あれ、君って前に会った子？ なんか約束でもしてたの？ もうすぐ電車きちゃうんだけど……」

「君、勝手に入ってきちゃダメだよ。切符《きっぷ》持ってるの？」

って、近くにいた大人のヒトまでからんできた。

うっさいなぁ。そんなダラダラ説明してる時間とかないんだけど。どうせ「いい」って言う気ねーくせに。あー、早く行かないとダメなのに……
もう、こうなったら、だ。
「……走るぞ」
都波《つなみ》の耳元でつぶやくと、3、2、1で握《にぎ》った手を強く引《ひ》っ張《ぱ》った。
改札に向かって走り出す。つないだ手もちゃんとついてきてる。
「おいっ！ 待てっ！」
後ろから声がした。振《ふ》り返《かえ》ると、からんできたおっさんが俺《おれ》たちを追いかけてきてた。
だけど俺《おれ》たちに追いつけるはずない。小学生だからってなめんなよ。
にぎった手から、力が湧《わ》いてくる。
もっと速く。今なら走れる。
改札をぶっちぎった。追っ手が駅員さんとモメてる間に、待合室をかけぬけて、外に出た。

真っ白な視界《しかい》の中におばさんの軽トラを探《さが》す……あった！

「都波《つなみ》は助手席に乗って」

車にぶつかりそうな勢《いきお》いで駆《か》け込《こ》む。運転席のドアを開けて、俺《おれ》は言った。

「山の上まで、お願い！」

つないだ手を離《はな》すと都波《つなみ》は助手席に乗り込《こ》んだ。俺《おれ》が荷台に飛び乗った瞬間《しゅんかん》、車のエンジンがかかり一秒もしないうちに動き出した。

荷台に隠《かく》れる直前、駅の前で都波《つなみ》のお母さんが、ぼうぜんとこっちを見送ってた。

「すんませーん！　先に空港まで行っててくださーい！」

都波《つなみ》のお母さんに向かってそう叫《さけ》ぶ。

どうか天気が変わりませんように、と祈《いの》りながら、ごつごつとした荷台の床《ゆか》に背《せ》中《なか》をあずけた。

#22

車は山のほうへと上っていく。少しずつ霧《きり》が晴れてきた。そんで荷台だからクソ寒い。あんまり風に当たらないよう、俺《おれ》は頭を低くして寝《ね》そべっていた。

荷台の下からの揺《ゆ》れが止まった。山の展望台《てんぼうだい》の駐車場《ちゅうしゃじょう》についたみたいだ。先客はまだほとんどいなかった。

荷台から飛《と》び降《お》りて運転席に向かう。おばさんは「一本道だから迷《まよ》わないだろ？二人で行ってきな」と言って車から降《お》りなかった。

都波《つなみ》が助手席から出てきた。「こっち」と急《せ》かしながら、手をとって早足で歩き出す。

「下、しめってるから気ぃつけてな」

手を引いて展望台《てんぼうだい》までつれていく。

空気が冷たい。けど、不思議と寒いって思わなかった。

階段《かいだん》をのぼって一番上まで来ると、パッと景色が明るくなった。

「うわぁ……っ！」

都波《つなみ》が声をもらした。

展望台《てんぼうだい》から見下ろす、俺《おれ》にとっては住みなれた町、そして都波《つなみ》にとっては小学校六年の少しだけを過《す》ごした町。だけどその景色は、いつもとまったくちがった顔を見せていた。


静かに、遠くどこまでもひろがる海と、海辺に面した昔ながらの住宅街《じゅうたくがい》。それを二つに分けているのが、海に流《なが》れ込《こ》んでいる大きな川だ。その川の形にそって、白い煙《けむり》に似《に》た霧《きり》が立ち上っている。

まるで巨大《きょだい》な一頭の白い竜《りゅう》が、海へ向かって町を泳いでいるかのよう。

「これ……」

「間に合って、よかったな。これが『あらし』だよ」

俺《おれ》が生まれた日にも、同じように出ていた自然現象《げんしょう》。

他の地域《ちいき》では、台風とか暴風雨《ぼうふうう》のことを「あらし」って呼《よ》ぶみたいだけど、俺《おれ》らの町ではこれのことを「あらし」って言う。どうやら元々は「おろし」がなまったものだって聞く。

肱川《ひじかわ》の上にできるあらしだから「肱川《ひじかわ》あらし」。例年だともうちょっと早い時期に「初あらし」ができるみたいだけど、今年はあったかかったせいか、ずいぶん遅《おそ》くなってしまった。

「都波《つなみ》もネットで見たんだよな、俺《おれ》の父ちゃんが撮《と》った写真」

「うん……。最初は末永《すえなが》くんのお父さんだって気づかなかったけど」

一番最初に会ったとき、「あらし」って言ってたのは、俺《おれ》のことじゃなくて、俺《おれ》の名前の由来《ゆらい》になったこれのことだったんだ。

『「あらし」の生まれた朝。奇跡が起こった。』

きっとあの写真にひかれて、都波《つなみ》もこれが見られる場所を探してたんだろう。そこに俺《おれ》が来たから、話がややこしくなってしまった。

「外から来た人は、冬の朝にしか見られないって知らなくて当然だよな」

「……だって他のとこ調べる時間、なかったんだもん」

都波《つなみ》は照れかくしなのか、「ふん」とばかりに正面を向いた。

見つめる先には、いつだったか担任《たんにん》の先生が「世界でもめずらしく、めったに見られない奇跡《きせき》の光景なんですよ」なんて授業《じゅぎょう》で言ってたものが、現実《げんじつ》に広がっている。

「すごいよな」

白い竜《りゅう》を見つめたまま何も言わない都波《つなみ》に語りかけた。

「お前『この町には何にもない』って言ってたみたいだけど、何もなくないだろ」

もちろんカラフルな色づかいの雑貨屋《ざっかや》さんとか、オシャレなお菓子《かし》のお店とか、女子が好きそうなものがあるわけじゃない。

けど、ここにしかないもの、ちゃんとある。

「だから、嫌《きら》いだなんて言わんでくれよ。……俺《おれ》は、大好きだからさ」

そこまで言うと、都波《つなみ》は急にくるっと後ろを向いて、顔をかくしてこきざみに肩《かた》をふるわせはじめた。

「お、おい。……大丈夫《だいじょうぶ》か？」

「なんで!? なんでこんなことするの!?」

（えっ？）

今キレるようなポイント、あった？ 感動してよろこぶ場面じゃないの？ たしかに無理やり連れてきたのは悪かったけど、さっきまで、楽しそうだったくせに……さすがに俺《おれ》はぶすっとして言った。

「わかったよ。お母さん怒《おこ》ってるよな。もう帰るか」

「そうじゃない。でも末永《すえなが》くんは意味わかんない。嫌《きら》いな人間にまでこんなことするなんて、おせっかいすぎる」

「おせっかいって、お前……」

「私《わたし》、ずっとがまんしてたのに。転校したくないって、言わないようにしてたのに。どうせ私《わたし》がいなくなったって別に平気なくせに。私《わたし》は全然平気じゃなくなっちゃったのに……そんなの……、そんなのって……」

都波《つなみ》は突然《とつぜん》、ぼろぼろと大粒《おおつぶ》の涙《なみだ》をこぼしはじめた。

「いい思い出があるのは『いいさみしさ』なんて言ってたけど、やっぱりさみしいのは嫌《いや》。離《はな》れたくないし、行きたくない」

そんなふうに、がまんしてたんだ。

自分のことじゃないのに、自分のことみたいに胸《むね》が、息が、苦しくなった。

目の前の女の子が顔をふせて泣いてるのが、つらい。親の都合で何度も転校をするたびに、きっとこの子は傷《きず》ついてきたんだろう。

それなのにどうすることもできなくて、俺《おれ》はまたあやまった。

「ごめん……、あと言っとくけど、俺《おれ》も平気じゃないんだけど」

都波《つなみ》が目に涙《なみだ》をいっぱいためたまま、顔を上げた。

俺《おれ》は袖《そで》を伸《の》ばして、ほっぺにつたう涙《なみだ》をふいた。

「お前のこと嫌《きら》いだったら、こんなところまで連れてこんよ」

「それって……」

「そりゃケンカしたときはムカついたけど、今はむしろ……」

「むしろ?」

いつの間にか泣くのをやめていた都波《つなみ》に聞き返されて、俺《おれ》はハッとした。

あかん。

うっかり変なこと言いそうになってた。

でも何か言わなきゃこの場がおさまらない。俺《おれ》は声をつまらせながら、言った。

「……一番、いなくなったらさびしいと思っとるよ」

都波《つなみ》の顔が耳まで赤くなった。

たぶん、俺《おれ》も同じぐらい赤いけど。


すぅ、と一回つめたい空気を吸《す》ってから、都波《つなみ》が言った。

「末永《すえなが》くん、あのね」

「うん」

「リレーの時のことなんだけど」

俺《おれ》は急にギクッとした。

「あー……、最後、追いつけんかったな」

都波《つなみ》はすぐに首を横に振《ふ》った。

「みんな、『もうダメだ』って感じだったけど、末永《すえなが》くんだけは、あきらめてなかったよね。『都波《つなみ》、がんばれ』『俺《おれ》がなんとかする』って……」

都波《つなみ》の言葉で、あのときの気持ちを思い出した。

先生も他のメンバーもお客さんも、なんで終わったと思ってるんだよ、って。まだ最後までわからないのに。

都波《つなみ》のこと誰《だれ》も信じてやらないのかよって……それがくやしくて、俺《おれ》は叫《さけ》んだんだ。

「そのあとの追い上げ見て、思ったよ」

「思った……何を？」

「末永《すえなが》くんなら、本当になんとかしてくれるかも……って」

あの時俺《おれ》は、しっかりとパスされたバトンをにぎりしめながら、願っていた。

転んで立ち上がったことも、何度もバトンパスの練習をしてきたことも、うちの学校に来て選手に選ばれたことも、全部ムダじゃなかったって、都波《つなみ》にわかってほしかったし、伝えたかったんだ。

（ああ、そうか）

一位には届《とど》かなかったけど、ちゃんと「願い」は届《とど》いてたんだな。

ムダには、ならなかったんだ。

霧《きり》がだんだんうすくなり、「あらし」の姿《すがた》も弱々しくなってきた。俺《おれ》たちもそろそろ行かなきゃいけない時間だろう。

俺《おれ》は都波《つなみ》に向き合い、その肩《かた》に両手を乗せた。

「都波《つなみ》、がんばれ」

うるんだ両目が俺《おれ》を見返している。こんなに近くでしゃべるのなんて初めてだ。今さら気づいてきゅっとくる。

「しばらくはさみしいかもしれないけど、俺《おれ》も文人《ふみと》も颯太《そうた》も梨乃《りの》も、お前のこと応《おう》援《えん》してる。忘《わす》れたりなんかしないし、向こうで友達もたくさん作ってくれ。お前ならできる」

「できるかなぁ……」

「大丈夫《だいじょうぶ》だ。きっとまた、みんなお前と仲良くなりたがるって。そしたら、無視《むし》しないでちゃんと返してあげて」

都波《つなみ》がくすっと笑った。

せっかくこんなふうに本音で話ができるようになったのに、もうサヨナラしなきゃいけないなんて、つらくて切なくて、喉《のど》がつまりそうになる。もちろんそんな姿《すがた》、都波《つなみ》に見せるわけにはいかないけど……。

だってこれで最後じゃない。俺《おれ》は一回つばをのみこんで、声をしぼり出した。

「それで俺《おれ》が……」

「うわっ」

急に強い風が吹《ふ》いた。俺《おれ》の言葉を、びゅううという音がのみ込《こ》んだ。

「……」

なんて風だ。タイミング悪すぎだろ。

あーあ、せっかく覚悟《かくご》決めて言ったのになぁ。

かっこ悪い、とがっかりしていると、都波《つなみ》が右手で風に吹《ふ》かれる髪《かみ》を押《お》さえながら、左手で俺《おれ》の耳に手をそえて、こそこそとたずねてきた。

「今、言ったこと、本当?」

「聞こえてたの?」

びっくりして都波《つなみ》の顔を見返す。

都波《つなみ》は少し顔を赤くしながら「だって風向きこっちだったし」とつけ加えた。

あー……、聞こえてたならしょうがないな。俺《おれ》は恥《は》ずかしくて「うん」と雑《ざっ》に答えた。

「私《わたし》、冗談《じょうだん》通じないから本気にしちゃうけど、いいの？」

「いいよ。俺《おれ》、バカだけどウソはつかないよ。お前が忘《わす》れなかったらだけど」

「忘《わす》れないよ。私《わたし》、記憶力《きおくりょく》いいほうだし」

いつか、この景色を見ても、いいさみしさも悪いさみしさも、感じなくてすむように。

「今言ったことは、絶対《ぜったい》に叶《かな》えてみせる」

「絶対《ぜったい》に？」

「……絶対《ぜったい》に」

3月1×日

ひさしぶりの日記。

私《わたし》はもうすぐ小学校を卒業する。

このページにはとても書き切れないぐらい、たくさんの、キラキラしてほろ苦くて少し切ない思い出がたくさんある。

まだこの小学校に来てから少ししかたってないけど……「中学生になっても仲良くしようね」と言ってくれる友達もできた。

またいつここを離《はな》れるかわからないけど、それでも短い時間でも、楽しく過《す》ごしたいって、今は思う。

だけど、一番心に残っているのは、大きな川が流れる町の小学校にいたときのことだ。

思い出すたび、さみしくなる。でも、さみしくなるのは素敵《すてき》な時間を過《す》ごしたからだって、今なら思える。

だって、会わなかったらよかったなんて、どうしても思えないから。

風が、白い竜《りゅう》を海まで運んで、その海はどこまでも広い世界につながっている。

もちろん、私《わたし》が今日見た高い波の海も、その世界の一部だ。

だからきっと、いつかまた会えるんだって信じていられる。

そのときのために、一生懸命《いっしょうけんめい》生きていこう。

だからどうか、私《わたし》を忘《わす》れないで。待っていて。

〈著者略歴〉
いかだ　かつら
作家。2016年、『静かの海』で第4回ネット小説大賞受賞。筏田かつら名義の著書に『静かの海 その切ない恋心を、月だけが見ていた』上下巻、累計30万部超の人気シリーズ『君に恋をするなんて、ありえないはずだった』『君に恋をしただけじゃ、何も変わらないはずだった』（以上、宝島社）、『ヘタレな僕はNOと言えない』（幻冬舎）がある。

イラスト ● げみ
デザイン ● 根本綾子（karon）
組版 ● 株式会社 RUHIA
プロデュース ● 小野くるみ（PHP研究所）

●この本の著者印税の一部は、新型コロナウイルスをはじめとするウイルス対策への義援金として寄付されます。
●取材にご協力いただいた、椿夜にな様、瑞龍寺副住職・木之本様、別格の感謝を捧げます。本当にありがとうございました。

大嫌《だいきら》いな君に、サヨナラ

2020年7月2日　第1版第1刷発行
2021年5月6日　第1版第2刷発行

著　者　いかだ　かつら
発行者　後藤淳一
発行所　株式会社ＰＨＰ研究所
東京本部　〒135-8137　江東区豊洲5-6-52
児童書出版部　☎03-3520-9635（編集）
普及部　☎03-3520-9630（販売）
京都本部　〒601-8411　京都市南区西九条北ノ内町11
PHP INTERFACE　https://www.php.co.jp/
印刷所　株式会社精興社
製本所　株式会社大進堂

ISBN978-4-569-78931-6

NDC913　223P　20cm